2016~2017 겨울밤을 밝힌 촛불

국민을 지켜주지 못한 국가를 향해 밝혔습니다

우리가 백남기다

살인정권, 박근혜 정권
규탄한다!

- 故 백남기 농민의 명복을 빕니다 -

노동자 농민 서민을 무시하며 억압하고

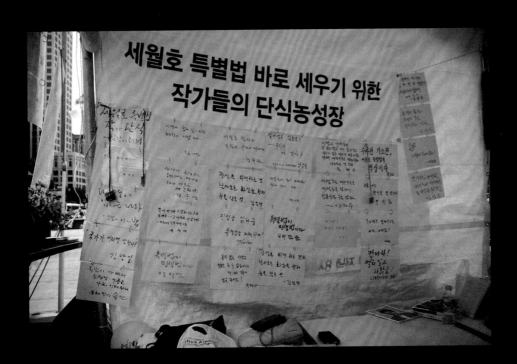

국민의 자존심조차 짓밟았습니다

독서공동체 호모북커스

세월호
7시간
이제는 밝혀라

그 모든 진실이 밝혀져야 합니다

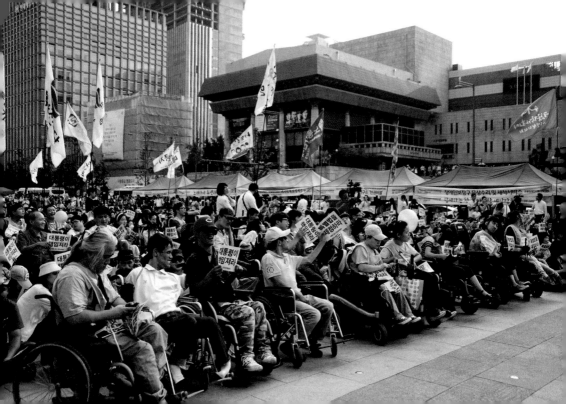

청소년도 나섰습니다

문학예술인들도 나섰습니다

1차 2차 3차 …… 10차 11차 12차 …… 15차 ……

바로잡힐 때까지 촛불을 들고 광장에 모일 것입니다

1천만이 넘는 국민이 광장으로 나와 한 목소리로 외치고 있습니다

촛불이 우리에게 가르쳐 준 것은 민주주의는 국민의 힘으로 완성된다는 진실입니다

촛불은 시작이다

촛불은 시작이다

한국작가회의 자유실천위원회 편

도서출판 b

1.

2016년 10월 29일 청계광장 등 전국에서
첫 촛불집회가 열린 뒤
100일이 넘었다.

참가한 연인원이 10차 촛불집회에 이르러
1,000만 명을 넘었다.

역사적으로 유례가 없고
전 세계가 주시하고 있다.

비바람이 불고 눈보라가 몰아쳐도
꺼지지 않는 촛불 앞에
대통령은 탄핵되었고
수구 정권은 무릎을 꿇었다.

거침없는 이 혁명의 촛불을
누가 끌 수 있겠는가.

2.

아직 봄이 오지 않았다고
혁명의 밑돌이 필요하다고
시인들도 촛불을 들었다.

기꺼이 광장으로 달려간 시인들은
어깨를 함께하고
하야가下野歌를 부르고
민주주의를 외쳤다.

촛불 든 시인들은 즐겁다.
오래오래 즐겁다.

2017년 2월 11일 15차 촛불집회에서
한국작가회의 자유실천위원회

| 차 례 |

18

강

민

1962년 『자유문학』을 통해 등
단. 시집으로 『물은 하나되어
흐른다』 『기다림에도 색깔이
있나보다』 『미로에서』 『외포
리의 갈매기』 등이 있다.

꺼지지 않는 불꽃

지겨운 한 해, 병신년이 가고 있다
숱한 염원으로 타오르는 혁명의 촛불은
들불로 번져 마침내 횃불로 타오르는데
나는 왜 이렇게 목이 마르고 우울한가

교활한 탐욕의 무리들은
여전히 어둠 속에 숨어 사나운 눈알 굴리며
배신의 칼을 갈고 있다

그러나 어둠 속에 준동하는 탐욕의 무리들아 들어라
배신의 바람이 불어도
촛불은 꺼지지 않는다
저 침침한 바닷속 어둠에 침몰한 배 안에서도
가슴 치는 횃불로 촛불은 거칠게 타오르고 있다

그러나 음흉한 무리들아 들어라
궁지에 몰리면서도 여전히 발버둥 치는
야차의 무리들아 들어라
촛불의 진실은 불멸이다
진실은 침몰하지 않는다
거센 바람에도
아니, 천길 바닷물 속에서도 꺼지지 않는 진실이다

우리는 무릎 꿇지 않고 앞으로 나아갈 것이나
천만의 함성으로
불멸의 진실, 물속에서도 꺼지지 않는 촛불을 들고……

강
민
숙

1991년 『문학과의식』으로 등
단. 시집으로 『노을 속에 당신
을 묻고』 『그대 바다에 섬으로
떠서』 『꽃은 바람을 탓하지 않
는다』 등이 있다.

K형의 목소리

K형,
나라가 쓰러지고 있어
나라의 대들보도
용마루도 썩어 무너지고 있어
수신修身이 없고
제가齊家도 없는 나라가
일인만 있고
만인은 없는 나라가
자유와 민주,
정의에 이르기까지
마수에 걸려 휘청거리고 있어
K형,
형이 그토록 꿈꿨던 나라
지금 그 자리에
천만의 촛불이 모여
삼각산을 뒤흔들고 있어
K형, 거기까지 들리지 않아?
이제는 더 이상,
부끄럽지 않아야 한다고
물러설 수가 없다고
목이 터져라 외치는 소리
5월, 광주의 광주의 함성으로 살아나잖아

K형,
형은 분명
우리 곁을 떠났는데
왜 지금 광화문에선
형의 목소리가 쩌렁쩌렁 울리지
형, 설마 그곳에서도 함께 하는 거야
촛불을 든 저 어린 손들과

강
병
철

1983년 『삶의문학』으로 등단.
시집으로 『유년일기』 『하이에
나는 썩은 고기를 찾는다』 『꽃
이 눈물이다』 등이 있다.

일반 잡부 방 씨는

광주 도립병원 휴게실 컵라면 근성으로
서울행 고속버스 오르는 솔로 탑승
그 초로의 비수가 광화문 불빛 파도란다
맑은 눈 수녀들의 양초 받으며
백만의 울타리 쓰나미로 몰려온다 아, 진눈깨비
여고생이나 휠체어 사내, 그 핫팩 온기로
종이컵마다 쏟아지는 눈발, 눈발들
스크럼의 욕정 주체할 수 없었단다 울멍울멍
피난길, 가위 눌린 유년의 스크린 지우고
그해 오월, 커튼으로 숨던 학살의 실루엣 지우고
반란의 심장 박동으로 변신했단다 그는
목숨 건 도원결의 벗조차 없었는데
살아, 단 한 번도 반역의 도모 없었다는데
백만 심장 울타리로 합체했단다 마침내 처음이다
벙어리장갑 벗고 사금파리 날을 세우는
그의 눈빛이 도도해졌다 다시 질통 지는
노동을 위해 남행열차 새벽 티켓 어루만지며
해장술 나누는 뜨거운 세모였다

강
세
환

1988년 『창작과비평』으로 등
단. 시집으로 『앞마당에 그가
머물다 갔다』 등이 있다.

광장

    그는 광장에 있었다 그러나 광장은 광장이 아니었다 밀실도
아니었다 광장엔 촛불도 있었고 LED도 있었다 그녀도 광장에
있었다 그러나 광장은 광장이 아니었다 밀실도 아니었다 광장엔
구호도 있었고 깃발도 있었다 광장엔 노래도 있었고 십일월도
있었다 그러나 광장은 광장이 아니었다 광장엔 광장이 없었다
광장엔 거대한 침묵이 있었고 어둠이 있었다 여기서부터 다시
시작하자 촛불 하나 들고

강
영
환

1977년 <동아일보> 신춘문예
로 등단. 시집으로 『칼잠』 『집
산 푸른 잿빛』 『출렁이는 상처』
등이 있다.

촛불을 횃불로 키워

나는 그동안 어둠 속에서
어둠을 입고, 어둠을 먹고
불온한 어둠으로 잠을 잤다
나를 깨운 촛불이다

두 손으로 촛불을 감싸 안았다
바람이 불면 촛불이 꺼진다고
구역질나는 말에 일어나
촛불을 횃불로 키워
어둠을 가로질러 갔다
눈썹에 진눈깨비 몰아쳐도
살을 에는 바람 속에서도
기름을 끼얹으며 길 끝까지 갈 것이다

나는 지금 촛불 속에서
촛불을 입고, 촛불을 먹고
촛불을 밝힌 침상에 들고 싶어
어둠 한가운데에 촛불을 켰다

고
선
주

1996년 <전북일보> 신춘문예
로 등단. 시집으로 『꽃과 악수
하는 법』 『밥알의 힘』 등이 있
다.

미간眉間과 미간未刊

미간이 더 깊어졌다
두 눈썹 사이가 우주보다 더 넓은데

미간이 갈수록 패여갔다
아직 삶을 제대로 인쇄하지 않았는데

나는 미간을 집에 놓을 수가 없다

가족에게 인상 찌푸릴 수 있을까 봐서다
혹여 기교에 가득 찬 삶이 읽힐까 봐서다

그래서 늘 데리고 외출한다
만나는 사람마다 기분 나쁘냐고 물었다

옛날에는 그런 일 없다고 손을 저었다
지금은 도무지 찌푸리지 않을 수 없다고 말한다

한때 미간을 없앨까도 했다
시술 받으면 덤으로 표정까지 없앨 수 있어서다

요즘엔 거울을 본다, 메마른 강이 출렁거렸다

결코 바다로 갈 수 없는,
수심을 알 수 없는 일상이
매일 스캔돼 내게 전달됐다.

고

영

2003년 『현대시』로 등단. 시집
으로 『산복도로에 쪽배가 떴다』
『너라는 벼락을 맞았다』 『딸꾹
질의 사이학』 등이 있다.

촛불

소녀의 푸른 눈썹 위에 곤두선 저 촛불을
뿔이라고 불러도 되나

새들의 작고 미약한 날갯짓에도
황급히 달이 기울 때
광장에 흐르는 저 아름다운 빛들의 펄럭임을
촛불의 일생이라고 여겨도 되나

밤하늘 물들이는 소녀들의 웃음소리가
물거품처럼 허공을 맴돌 때
가만히 조심스럽게
촛농 같은 꽃들의 흐느낌이라고 하면
슬픈 서광이라고 하면

배후도 없이 타오르는 무모한 일생 앞에서
깨금발로 서성이는 조바심이여
마음속에 뒹구는 마음이여

저 기약 없는 빛의 고깔을
물결 위에 솟은
거룩한 뿔이라고 불러도 되나

고

원

1986년 『시인』으로 등단. 시집으로 『한글나라』, 『마음 속의 이응』, 『나는 ㄷㅜㄹ이다』 등이 있다.

광화문의 초인

초초초초초
초초초초초
초초　초초
초초초초초
초초초초초

인인인인인
인인인인인
인인개인인
인인인인인
인인인인인

고
은

1958년 『현대시』로 등단. 시집
으로 『만인보』 『고은 전집』 등
이 있다.

촛불 앞에서

얼마나 영광인가
살아서
위대한 오늘 밤을 맞는다

하나하나의 촛불이
묵은 제단을 떠나
이 거리
저 거리의 찬바람 속 모여들어
마침내
뜨거운
뜨거운
광장의 몇 백만 심장으로 타오르는 밤을 맞는다.

가장 사악한 권좌와
가장 흉측하게 썩은 무엇을 에워싸고
촛불의 함성으로 꽉 찬
가장 웅혼한 촛불 밀물의 밤을 맞는다

이제
영웅은 하나의 봉우리가 아닌
몇 백만의 파도소리 아니고 무엇이냐

이게 나라냐고 외치는 소년의 나라가
이곳
저곳의 조롱거리가 되고 만 나라가
여섯 번이나 아홉 번이나
지칠 줄 모르는
가장 아름다운 혁명의 나라로 솟아오르는
활짝 열린 산야의 밤을 맞는다

이토록 놀라며 온 누리가 깨닫는 역사 앞에서
촛불의 선남선녀는
새로운 전체
새로운 개체의 뜻을 맞는다
새로운 삶과 죽음을 맞는다
천년의 것 백년의 것 파묻어버린
새롭고 또 새로운 벌판의 밤을 맞는다

얼마나 서릿발 같은 끓는 물 같은 꿈인가
죽기 전 살아서 살아서
오늘 밤과 내일을 맞는다
반드시 올 개벽의 흰 밤을 맞는다

공
광
규

1986년 『동서문학』으로 등단.
시집으로 『소주병』『맑똥 한 덩
이』『담장을 허물다』 등이 있
다.

11월 19일

이날 나는 식민지역사관 건립 후원행사에 들렀다가
경복궁역 교차로에서 광화문을 거쳐 세종대로 사거리까지
걸었다
자정이 넘은 시간
청와대로 진격하려는 시위대와 이걸 막는 경찰이 쳐 놓은
차단벽
바람에 펄럭이는 붉고 흰 깃발들
대통령 퇴진, 대통령 구속이라고 쓴 손피켓을 들고 있는 사람
들
촛불을 모으고 모여 있는 청년들
트럭을 개조해 만든 무대에는
비정규노동자와 사무원과 대학생과 중학생과 고등학생이 차
례로 올라와
이게 나라냐고 하였다
노력한 만큼 이룰 수 있는 나라
억울한 사람이 없는 세상
상식이 통하는 사회
저어새와 도요새가 사는 나라
약자를 두려워하는 나라
자살하기 어려운 나라
평등사회 공정사회
청와대와 새누리당과 재벌과 정치검찰과 보수언론을 처벌하

라고 외쳤다

　이순신 장군 동상 휘하에는 비닐로 덮은 천막과 텐트들이
　전쟁을 준비하는 군대 막사를 닮았다
　옆에서는 어린 손들이 세월호 희생자를 기리는 노란 리본을
만들고
　가수는 광장에서 행진! 행진! 노래를 부르고
　군중들은 촛불을 들고 몸을 흔들었다
　차라리 축제였다
　오랜만에 차량 대신 사람이 주인이 된 도로
　가을바람에 휩쓸려 다니는 가로수 잎과 유인물들
　나는 경복궁역 교차로에서 세종대로 교차로까지 횡보하며
　그리고 군중들 틈에 섞여서 어떤 자유와 민중의 힘을 느꼈다

곽구영

촛불시위는 태초의 응징이다

2008년 『열린시학』으로 등단.

갓 피어난 산목련 어린이들 종종종종
앵두처녀들은 이마가 붉고
떠꺼머리총각의 이두삼두엔 붉고 푸른 동정맥
유모차는 학익진鶴翼陣을 준비하고
해바라기 노인도 무너진 입을 앙다문다

촛불이 태어난다
촛불들이 일렁인다
제 몸을 태우며 흐른다
태초의 바람
침묵의 바람이 촛불과 한통속,
볼 수도 소리도 없는 바람이
수십 수백만의 촛불을 낳는다
섬흘한 불눈이 은핫물을 이룬다
세상에서 제일 장엄한 꽃굴형!

자유 평등 평화의 염원,
그렁그렁 억장이 무너진 팽목의 피눈물이여
고리 월성 울진 영광, 일촉즉발의 공포여
고고한 생태를 강압한 녹조의 악취여
오천년 역사를 유린한 무당파巫堂派의 엽기,
매사니의 농단과 게사니의 춤이여

36

초똥은 다시 불이다 촛불이여 더욱 뜨거워라
무당과 앵무당에겐 불지짐이 되고
십상시에겐 불몽둥이가 되어라
5,000만 송이 꽃을 짓밟은 게사니여!
시위는 푸른 기와집을 옥죄어 간다
불의 눈들은 한계를 넘본다
녹두綠豆처럼 일어섰다
거대한 침묵의 봉기다
촛불시위는 태초의 응징이다

위선과 위장과 부패와 독선을 압도하는 민초民草의 하늘이다

구
중
서

1963년 「신사조」로 등단. 시조
집으로 「불면의 시간」 등이 있
다.

빛이 솟는 날

광화문 광장에 넘치는 촛불이
처음부터 평화의 나부낌 아니었다
억눌린 백성의 심화 모여서 터지던 것

사일구 날 총탄에 젊음들이 스러지고
세월호 원한의 유족들 천막 쳤다
백남기 농민이 와서 물대포에 죽은 자리

한때는 돌멩이와 화염병을 던져도
막무가내 정의와 민심이 막히더라
마땅히 어둠이 다해 빛이 솟는 날이구나

권
상
진

2013년 <전태일문학상>으로
등단.

신新헌화가

― 광화문 2016

촛불을 분노로 읽는다
읽고 보니 이 문장도 은유를 지녔다

가녀린 불꽃들이 헛웃음처럼
툭, 툭 터지다가 번지다가
마침내 가득 찬 광장은 지금
봄, 여름, 가을, 겨울을 지나
윤달보다 낯선 역린의 계절

은유를 모두 걷어 내고 나면
촛불은
어느새 향기를 지닌 꽃불
저마다 꽃 한 송이 꺾어 들고
한목소리로 부르는 애잔한 헌화가

촛불을 꽃불로 고쳐 읽는다

권
위
상

2012년 『시에』로 등단.

어둠을 밝히다

그날 밤 광화문에서
사람들은 손가락에 불을 붙여 어둠을 밝혔다
뜨거운 줄 몰랐다
손가락이 타들어가자 목청에도 불을 붙였다
숯이 되어 가는지 몰랐다
그 함성들은 횃불이 되어 산기슭으로 올라갔다
구름을 타고 하늘로 퍼져갔다

사람들의 가슴속에는
불씨가 이글거리고 있다
언제든지 끄집어내 태울 수 있었다
엄동설한 동장군도
매서운 칼바람도
손가락에 붙은 불을 이기지 못했다
그 어느 것도
백만 개의 손가락은 이길 수 없다
결코 이길 수 없다

오늘 밤
또 손가락에 불을 붙여야 한다
불붙은 손가락으로 그것을 향해 또 쏘아야 할지 모르겠다
가슴에 불을 지펴 피운 불씨를

내일도 손가락에 피워야 할지 모르겠다

권
혁
소

1984년 『시인』으로 등단. 시집
으로 『論介가 살아온다면』 『수
업시대』 『반성문』 『다리 위에
서 개천을 내려다 보다』 『과업』
『아내의 수사법』 등이 있다.

아이들이 묻지 않겠나

선생님은 4·19 때 어디서 뭘 하셨나요?
―음, 그땐 아직 태어나기 전이었어.

그럼 5·18 땐 뭘 하셨고요?
―아, 그땐 아직 학생이었지.

그럼 6·10항쟁 때는요?
―아직 세상 물정을 잘 몰랐어.

그럼 08년 광우병 때는요?
―내가 쇠고기를 별로 안 좋아해서…….

그럼 세월호 때는요?
―난 원래부터 수학여행 반대론자잖아.

그럼 지난 11월 12일 민중총궐기 때는요?
―아, 가을 산행 선약이 있었어.

그럼 이번 주 26일 300만 총궐기는요?
―…….

권
희
돈

『창조문학』으로 등단. 시집으로 『하늘눈썹』이 있다.

촛불

　동방의 고요한 아침의 나라. 너희가 횃불을 드는 날 온 세계가 횃불을 들리라. 백년을 타오르는 타고르의 불빛. 오늘은 횃불 대신 촛불을 들었다.

　바람개비 들고 가는 어린이, 애기 업은 아낙, 시루떡 먹는 마을사람들, 개똥모자 쓴 아저씨, 지팡이 짚고 가는 할아버지, 노동자 농민 회사원, 가수 개그맨 운동선수, 외신기자 버스기사 택시운전사, 스님 수녀님 목사님, 학생들 인솔하고 나온 장학사…… 누군가의 배경이 되어주는 안개꽃 같은 얼굴들. 저마다 촛불을 들어 어둠을 조금씩 몰아내고 목울대 저 밑에서 끓어오르는 염원을 담아 일제히 퇴진을 외친다. 충무공은 큰 칼 옆에 차고 세종대왕은 훈민정음을 들고 지긋이 바라만 보고 계시다.

　분노를 평화로 승화시킨 위대한 이 밤. 단기 사천 삼백 사십구년 십이월 구일. 마침내 우리는 파충류같이 징글징글한 부정한 세력을 촛불로 태웠다. 별들이 차지한 하늘까지……. 오늘은 쓰디쓴 소주 한 잔 탈탈 털어 넣으며 신음 같은 혁명가를 목청껏 불러도 보고, 손에 손잡고 발목이 시큰거리도록 땅 위로 뛰어보자.

　그러나 저 도저한 불빛의 흐름을 여기서 멈추지 말자. 발바닥이 땅에 닿는 순간부터 야만의 세월들을 하나하나 정리하기 위하여 다시 마음을 모으자. 인간세계에 불을 훔쳐다 준 죄로 절벽에 매달려 독수리에게 간을 쪼아 먹히는 코카서스의 프로메테우스처럼 고통이 올지라도 새로운 길을 다시 내자. 인내의 뒤에는 반드시 희망이 기다리고 있나니.

김
경
훈

1992년 『통일문학통일예술』로
등단. 시집으로 『삼돌이네집』
『그날 우리는 하늘을 보았다』
등이 있다.

촛불집회 참가수당

어느 아줌마께서,

"촛불집회에 가면 삼보일배하는 노인 10만원, 깃발이나 플래
카드 들면 8만원, 대열 앞줄에서 구호 열심히 외치면 5만원,
뒷줄에서 어슬렁대도 3만원 준대!"

라며 입에 게거품 물며 장광 연설을 하시는데

촛불집회 아홉 번 개근에도 단돈 1만원 못 받은 내가

"아줌마, 어디 가면 돈 주나요? 그렇게 정확히 알면 돈 주는
곳도 알 거 아녜요?"

"주최 측에 가서 물어보면 될 거 아님?"

"아줌마, 그러지 말고 우리 같이 돈 받으러 갑시다. 내가 집회
아홉 번 뒷줄에서 어슬렁거렸으니까 삼구이십칠 27만원에, 시낭
송 2번 했으니 10만원씩 20만원 도합 47만원인데, 돈 받아주면
반은 아줌마 드릴게요."

"이 아저씨 왜 이러실까?"

"아줌마, 혹시 태극기 휘날리는 집회에선 얼마 준대요? 어디
서 돈 받을 수 있는지 가르쳐주면 우리 어머니와 동네 노인들
다 동원할게요. 그리고 쓰레기로 버려진 태극기도 내가 수거할
테니 5만원만 줘요!"

"원 별 국정원 거지 전경련 똥 같은 놈 다 보겠네!"

"아줌마, 하던 얘기 똥 자르듯 끊고 어디 가세요? 아줌마!"

김
광
렬

1988년 『창작과비평』으로 등
단. 시집으로 『가을의 詩』『풀
잎들의 부리』『그리움에는 바
퀴가 달려 있다』『모래 마을에
서』 등이 있다.

촛불 편지

촛불광장으로 나와 촛불을 켜들 수 없는 당신은 지금
푸른 기와집 모래 위에
더 무슨 푸른 기와집을 짓기 위해 골몰하고 있는지?

딱딱. 촛농 떨어지는 광장의 소리 귀에 안 들리는지?

다 타버린 차디찬 등(燈) 부둥켜안고
아직도 화사한 애벌레의 꿈을 꾸고 있는 것이나 아닌지?

헐벗은 개돼지들은 더는 가축이 되지 않기 위해
촛불 밝히고 이 혹독한 겨울을 밀어내고 있는데
당신은 이제 거꾸로 가축이 되기 위해
그 자리에 그렇게 웅크려 있는 것이나 아닌지?

진실을 구부려 거짓을 담금질하는 일이
그렇게 달콤하고 재미있었는지? 재미있는지?
사방천지 손 닿고 손 닿는 곳마다
혼란스러운 땟자국, 상처자국, 난파선자국, 작두질자국

제발 이제 더는 등불 켜지 말기를,
한 나라를 밝히는 등불은 아무나 섣불리 켜는 게 아닌 것
옷이 맨살을 보호하듯

등불은 아름답고 빛나는 현재와 미래를 위해 켜는 것

참, 이리도 불편하게
띄우고 싶지 않은 촛불 편지를 띄우게 만든 당신이
차라리 고마워서 환장하게 미치고 싶은 이 아린 시간

끝까지 광장을 잠들지 못하게 하는
찬란한 인두겁을 쓴 당신은 어느 별에서 온 누구신지?

촛불혁명

김
광
원

1994년 『시문학』으로 등단. 시
집으로 『슬픈 눈짓』 『옥수수는
알을 낳는다』 『패랭이꽃』 등이
있다.

텅 빈 논들을 바라보며 서울로 간다.
죽창 대신 가슴속에 촛불 하나씩 품고 광화문으로 간다.
일백만 농민군이 되어
방방곡곡 분노의 어깨를 엮어 서울로 간다.
천안을 지나면서 줄줄이 이어지는 관광버스들
온 나라 버스들이 다 모여서 서울로 간다.
세월호 일곱 시간 따지러 끝없이 간다.
백남기 전사의 꿈 이루기 위해 농민군들 쳐들어간다.
박근혜 포위하러 올라간다 올라간다.
국정 역사교과서 불태우러 서울로 간다.
하야가를 부르며 신나게 굴러 굴러 또 달린다.
삼일만세 탑골공원 골목길에서 우리는
썩어서야 꽃 피우는 홍어탕에 소주 몇 잔 기울이고
다시 시청 앞 광장으로 진격이다.
농민군의 후예들이 흥겹게 흥겹게 쏟아져 나온다.
아~ 여기 오늘 서울이여, 해방구여.
사람이 물결이다, 사람이 강물이다, 사람이 촛불이다.
어두워서 우리는 모두 촛불이 된다.
촛불이 일어서고, 파도로 함성으로 뜨겁게 휘몰아친다.
우리는 모두 일백만 농민군 별이 되었다.
미리내 별무리가 되어 효자동으로 간다.
비리의 근거지를 포위하러 간다, 체포하러 간다.

남과 북 철조망도 걷으러 간다.
금강산도 개성공단도 다시 살리자고 촛불이 탄다.
여기 평화의 땅, 여기 서울 해방구여.
북이 울리고 꽹과리가 울리고 징소리 울리도다.
모두 일어서 덩실덩실 춤을 추노라.
혁명의 11월 가을 하늘에 푸른 깃발 넘실넘실 흔들리노라.

김
광
철

시집으로 『애기똥풀』 『제비콩
을 심으며』 등이 있다.

차라리 가련하다

병신년 말 추운 거리에서 타오르는 수백만 촛불들
살얼음 얼어 질퍽거리는 수렁을 녹이기 위함인가
설마, 설마 했던 아주 작은 믿음들마저
한순간에 무너져 내리는 대한민국에선
오늘도 세종로 거리를 넘어 전국을 뒤덮는다

어제 한 말이 오늘 눈 하나 찔끔하지도 않고 뒤집는 권력을
보며
최 모 씨를 아느냐는 말에 모르쇠로 일관하다
최 모 씨와 같이 있는 사진 들이미니
"그랬던 것도 같다"
벌겋게 달아오른 얼굴
어쩔 줄 모르며 당황하는 모습
거기에서 밝혀지는 것은 비록 미미할지라도
그렇게라도 확인하고 다짐하면서 우리 모두를 담금질하는
것이다

'모르쇠, 그렇지 않습니다'는 말의 유희는
추운 겨울날 민낯의 우리의 슬픈 자화상인가
최고 권력자든 그를 지근거리에서 보좌했던 고위직이든
교수, 학장, 총장이라는 교육자라는 사람들조차도
들이미는 증거와 증언에도

끝까지 아니라고 잡아떼며
어쩌면 저리도 빠져나갈 구멍만 찾을까
뱀과 미꾸라지한테는 미안한 일이지만 그들을 떠올리게 한다

뭇 생명이 죄다 살기 위하여 몸부림을 치는 것은 생명체의
본성이겠지만
　인간은, 그래도 인간은 부끄러움을 아는데
　그것도 고위직에 올라가 있었던 사람들이라
　뭐가 달라도 다를 줄 알았는데
　그런 기대는 낭만이었나
　차라리 가련하다는 생각마저 든다

오천만 국민들의 장탄식이
또다시 전국의 차가운 밤거리를 헤맬 것이다
병신년을 넘어 정유년에도

촛불들이 밝히고자 하는 가치가 뭐 그리 대단한 거냐
굳이 안중근과 유관순을 떠올릴 것까지도 없다
가까이에 있었던 최소한의 양심 노무현을 찾고
갓 초등학교에 입학한 아이의 마음으로 돌아가자는 거다

김
남
규

2008년 <조선일보> 신춘문예
로 등단. 시집으로 『집그리마』
등이 있다.

문장의 광장

문장이 모여들면
두꺼운 노래가 되니

사람이 리듬이 되면
얼마나 거대한가

우리는
범람할 것이다
너울로 갈 것이다

모든 길에 쏟아지듯
모든 길을 터뜨리듯

현실보다 묵직하게
세상보다 시끄럽게

아침에
먼저 도착할 것이다
노래는 힘이 세다

김
대
술

2011년 『시와문화』로 등단. 시
집으로 『바다의 푸른 눈동자』가
있다.

겨울 나라 뜨거운 노래
—전인권 촛불 콘서트에 부쳐

치명적인 독화살 급히 박히는 뻬갈 마시고
단검을 심장 깊숙이 휘비틀고 쑤셔 넣어
뺄 수 없는 야성의 겨울 나라
희미한 가로등 골목에서
담배 두 대 피우며 오줌 갈기며
전봇대 비틀비틀 뜨거운 노래 부른다

폭풍을 불러들인 차가운 바위섬
한쪽으로만 빗질하며 서서
굵고 거친 소나무처럼
스스로 선택한 그의 외침은
비극적인 양귀비에 홀린 거인의 노래

환장하게 하는 불덩이
무엇에 그리 취했었는지 묻지 말고
취하지 못한 너의 운명에 저항하라는 노래
독이 뚝뚝 떨어지는 야성을 회복하라는
뭇 것들이 두려워해도 아무렇지도 않는 노래
펄럭이는 깃발처럼 촛불을 치켜 올려
곱게 간직한 자화상을 엎어버리는 노래

혼자 모래가 되고 바위가 되고 태산이 되었다는

막 떨어지며 팔랑거리는 순수를 바라보라는 노래
동토의 방랑자 설산의 향기가 되어
우리들 가슴에 불꽃을 당기게 했다는 것을
선하고 아름다워 홀로 죽어갔다는 것을
겨울 나라는 뜨거운 노래 부른다

김
두
안

2006년 <한국일보> 신춘문예
로 등단. 시집으로 「달의 아가
미」가 있다.

검은 사람

그는 검은 사람 흰 부분에서 태어나
검은 사람 그는 흰 부분으로 말한다
그는 흰 부분을 검게 부릅뜨고
흰 부분의 검은 부분을 말한다

그는 총구에서 발사된 흰 부분을 말한다
꽃을 들고 울지 마라!
나비와
노동을 사수하라!

그는 검은 사람 언제나 검은 사람
흰 부분으로 흰 부분을 말한다
그는 검은 새를 들고
검은 부분의 흰 부분을 말한다

김
룽

2007년 <문화일보> 신춘문예
로 등단. 시집으로 『살구나무에
살구비누 열리고』 등이 있다.

새끼손가락의 난^亂

떠나라 당신은
촛불에서 촛불로
맹골수도로

가끔씩 말을 걸어둘 데를
찾아 두리번거린다.

여긴, 벽이 없다.
한때는 천사가 날개를 걸었고
악마가 입김을 말렸던 곳.

열 개의 손가락 불이라도 싸질러
걸어보자 했던 여기, 누군가
神의 종아리처럼 만져보았다는
딱총나무 지나

숨소리보다 여린 발로 그러나
풀씨보다 깊고 아픈
목소리로

노랗게 생강나무까지
줄을 세우는 여긴, 하늘이 없고
한 뼘 땅마저 없었구나.

목구멍이라도 걸어두면
가끔씩 나비가 오나

색동저고리처럼, 와서
걸어 쥐는

여긴, 못마저 없어
지금부터다. 우리는
촛불 하나로

무덤을 파고
코를 판다.

김
명
신

2009년 『시로여는세상』으로
등단. 시집으로 『고양이 타르코
프스키』가 있다.

20161207 광화문 엘레지

우리는 걸었다
흘렀다
흘리었다
스몄다
섞였다
일어났다
구부려 앉았다
꾸부정했다
올라섰다
올라탔다
팔을 올렸다
팔을 높이 올렸다
멈췄다
아주 오래 멀리 멈췄다
질렀다
크고 멀리 외쳤다
노래였다
외침이었다
고함이었다
함성이었다
가리킴이었다
팔을 잡아주고 내려주었다

걸었다
아주 길고 동그랗고 두껍게 돌고 돌았다
맞섰다
아주 오래 맞서 온몸을 들었다
어둠을 향한 4·16햇불은 잘 탔다
우리의 울음은 활활 잘 탔고 잘 날았다
우리의 키는 하늘에 닿았다
우리의 목소리는 우렁찼다
흔들리는 것들은 흔들었고
차분한 것들은 곧았다
누구도 섣부르지 않았고 쉽게 주저앉지 않았다
마땅한 곳에서 묵묵한 몸짓이 바빴다
저마다의 표현으로 충분했다
누구 대신 무엇 대신이 아니었다
결국 사람이다
사람 사는 세상의 일이라서
약봉지를 건네고 고구마와 쑥떡과 파인애플식초와 물과 핫팩
을 전했다
마음이 손이 말이 넘쳐흘렀다
우리는 그때마다 충분했다
광장은 생생했다
—우리가 광장이다

―우리가 촛불이다
　―우리가 횃불이다
　―우리가 나라다
　―우리가 사람이다
　―우리는 저항이다
　―우리는 외침이다
　우리는 오래 걸었다
　간격 없는 차벽이 스스로 허물어지는 상상
　차 위의 방패가 하늘 뒤편으로 사라지는 상상
　저 푸른 집의 대문이 열리고 한 마리의 조류가 눈물방울로
터지는 상상
　마침내 아무도 미친 권력은 부리지 않는 세상
　고요한 웅크림으로 보듬는 만민의 빛
　마침내 천막을 걷고 기지개를 활짝 펴고 각자의 일상으로
돌아가는
　하염없이 걸으면 도착하고야마는 그곳을.

김
명
지

2010년 『시선』으로 등단.

그해 겨울

이 이야기는 전설이 아니란다
엄마 손을 잡고
아빠 어깨에 무등 탄 네가 보고 듣고 겪은 일이지
손가락 열 개와 두 발 그리고 더 무엇을 보탤 줄 모르는 아이의
눈에
셀 수 없는 불씨들을
어른들이 백만 촛불이라 부를 때
발갛게 상기된 네 뺨 위 패인 볼우물에
꺄르르 꺄르르 고이던
곧 봄이리라 믿게 하는 초록의 이파리들

큰 소리로 노래하는 어른들의 두 팔 아래 넘치던 희망이라는
물결은
오래전
오월의 피눈물을 먹고
새로이 태어난 민주주의였지
정치는 곧잘 비틀거렸고 많은 목숨을 걸어가
또 다른 계절 어느 해 여름 유월,
청년의 이름으로 무장된 열정들은
뿌연 최루가스에 기침을 토하고 벌건 얼굴로 명동성당으로
쫓겼었지
어깨를 겹친 넥타이 부대 속에서 사랑도 했지

오직 민주주의를 노래한
흔들림 없던 무수한 사랑

성하의 계절만 있을 순 없나봐
그해 겨울은 겨울임을 증명이라도 하듯
서늘하고 스산했어
순간의 선택은 역사의 바퀴를 거꾸로 돌려
망연자실한 사람들의 피울음이 광장으로 몰려든 날
분노와 한탄이 무한대로 쏟아져 나오던 그 순간
마법처럼 첫눈이 내렸어
셀 수도 없이 많은 사람들 머리 위로
그 수만큼의 눈이 내려온 거지
간절함이 이뤄낸
네가 맞은 첫눈은 전설 같은 눈이었어

볼우물에 함박눈이 닿자
장미꽃처럼 환한 촛불들이 일제히 손을 흔들었지

어디서든 바람의 방향은 있어
그 길을 찾아가는 무수한 촛불들
촛불 홀로 탈 수 없어
우물쭈물하던 바람이 함께 움직이던 그곳

우린 그곳을 촛불광장이라 불렀어

이 이야기는 전설이 아니란다
이천십육 년 그해 겨울
할아버지 할머니 아빠 엄마 고모 이모 삼촌들과
세 살 다섯 살 너희 남매가
첫눈과 함께 이룬 혁명의 이야기란다

김
명
철

2006년 『실천문학』으로 등단.
시집으로 『짧게, 카운터펀치』
『바람의 기원』 등이 있다.

불꽃

촛불은 살아있다
웅크린 채 잠을 자고 있던 불꽃이
소스라쳐 태초의 몸을 연다
어린 꽃잎이 찢어지고
꽃송이들 가라앉았던 물결 소리에
불쾌한 몸을 열어 빛을 풀어놓는다
하나의 불꽃은 푸른빛으로 아프고 흰빛으로 서럽다
불꽃 속에서
얼굴과 얼굴이 싸운다
눈빛과 눈빛이 싸운다
그러나 백만 송이 불꽃다발은
지상에서 밤하늘로 솟구쳐 올라가는
거대한 칼날
경계를 지우며
시간과 거리와 방향을 지우며
이름과 나이와 길모퉁이의 이별을 지우며
타오르고 있는 생명의 소리들
불꽃은 살아있다
살아서 뜨겁게 흐르고 있다
흔들리지도 않고 기울지도 않는 곧은 불꽃덩어리
불꽃이 움직이고 있다

김

민

2016년 『현대시학』으로 등단.

아주 사적인 역사

보내주신 메일은 오늘에야 읽었습니다. 변제 일자를 지키지 못한 저를 말없이 기다려주신 인내심에 경외를 보냅니다. 더불어, 머지않아 외상으로 가져온 식자재 값을 변제할 수 있게 됐다는 소식을 드릴 수 있어 무척 기쁘다는 말씀을 전합니다. 외상값을 제때 송금하지 못한 건 장사가 안돼 수입이 저조했었다는 것 외에 달리 드릴 변명은 없습니다. 게다가 요즘은 광화문 광장에 나가는 일이 잦아졌고 종종 밤늦게 돌아오기도 했습니다. 장담하건대, 그렇다고 외상값을 변제하려는 제 노력을 게을리하거나 변제 일정에 차질을 초래하는 일은 없을 것입니다. 참, 아시는지 모르겠습니다만 광장에서 따님을 봤습니다. 이 말을 해야 하나 어쩌나 망설였는데, 별일이겠는가 싶어 적습니다. 아시다시피 광장은 주말이면 시민들로 가득합니다. 자신의, 자신에 의한, 자신의 광장이지요. 세종대왕상이 있는 앞이었습니다. 웬 아이가 무슨 말인가를 외치고 있었습니다. 힘찼으며 목소리는 울려 멀리 퍼졌습니다. 그런데 낯이 익었어요. 저는 좀 더 가까이 갔고 앞에서 본 아이는 놀랍게도 따님이었습니다. 교복을 입었더군요. 언젠가 가게에 식자재를 사러 들렀다 본 그 아이였습니다. 제 기억이 맞는다면요. 그 아이가 저렇게 컸다는 게 믿어지지 않았습니다. 그보다 저토록 건강한 목소리를 가졌다는 사실이 저는 놀라웠습니다. 믿기 힘드실지 몰라 드리는 말씀입니다만, 지금 이 얘기는 모두 사실입니다. 따님이 외치면 시민들이 따라 외쳤지요. "나는 시민이다. 박근혜는 퇴진하라!" 저도 외쳤습니다. 제 옆의 어떤 노인도, 어떤 아주머니도 웬 중년신사도, 부모의 손을 잡은 초등학생도, 한 사람의 목소리는 그리 크지도 그다지 멀리 가지 않았지만, 그들 모두의 목소리는 크고 멀리 갔습니다. 분노했으며 슬퍼했고 울적했으나 흔들리지도 주저하지도 움츠리지도 않았습니다. 그 자리에 서서 그저 그 일을 해낼 뿐이었지요. 우리를 실망시킨 자에 대한 분노 때문이랄 수도 있지만, 분명한 것은 그들은 스스로를 시민이라고 생각하는 것 같았습니다. 저로서는 네 번째 집회였으며 아쉽게도 그 뒤로는 가게를 비울 수 없어 가지 못한 참이었지요. 하루하루 몸을 움직여야 살아갈 수 있는 평범한 시민의 평범한 임무 때문이었습니다. 그 당연한 임무가 부질없고 비웃음을 당한 듯해 요즘 종종 우수에 젖고는 합니다만, 그럼에도 불구하고 제가 할 수 있는 것은 그 일이 전부라는 사실에는 변함이 없을 것입니다. 그게 자랑스럽습니다. 물론 예전에 믿고 외상을 주신 식자재 값을 제 날짜에 변제하지 못한 민망함마저 자랑스럽다는 뜻은 아닙니다. 아무쪼록 보름 정도의 말미를 주시면 이번에는 약속을 지키겠습니다. 혹 궁금해 하실까봐 적습니다만, 그날 세종대왕상 앞에서 따님을 본 뒤로 다시 보지는 못했습니다. 행진을 시작하는 바람에 시민들이 서로 섞이고 움직였기 때문입니다. 따님은 한 무리의 시민들과 청와대 쪽으로 가고 있었지요.

"우리는 시민이다. 박근혜는 퇴진하라, 시민의 명령이다!"

따님의 목소리가 안개처럼 천천히 광장과 거리를 덮었으며, 촛불이 태양처럼 광화문을 밝혔습니다. 마치 먼동이 트는 새벽 같았지요. 그리고 여담 같습니다만, 언제 광장에 나오셔서 같이 촛불을 켤 수 있으면 좋겠습니다. 이 땅의 주인은 사장님과 저 같은 사람 아니겠습니까. 우리가 시민이니까요. 외상으로 가져온 식자재 값을 제 날짜에 변제하겠노라는 약속은 변함이 없다는 말씀드립니다.

추신: 믿으실지 모르겠으나, 근 일 년 넘게 밀린 외상값을 곧 갚겠노라 약속드린 것은 어쩌면 따님 때문인지 모르겠습니다. 조막만 한 분식집이지만 며칠 사이 곧잘 손님이 들기도 하거니와 광장을 메운 따님 같은 아이들 때문에 정말 그렇게 할 수 있을 것 같아졌기 때문입니다. 아시다시피, 이유는 달라도 요샌 참 믿을 수 없는 일이 많이 생기곤 했으니까요. 늦게 식당 일을 마치는 바람에 오늘은 새벽이 이른 듯합니다. 조금 있으면 시민들이 잠에서 깨어날 시간입니다. 이 순간이 저는 설렙니다.

김
민
호

2010년 『시에』로 등단. 시집으로 『아카시아 암자』가 있다.

역사를 쓰다

2016년 가을,
북악산 자락으로 오래 드리운
을씨년스러운 어둠에 맞서
하나, 둘 촛불이 켜졌습니다
잠시 바람 앞에서
머뭇거리기도 하였지만
촛농에 뭉친 진실을 향한 목소리는
점점 사방으로 퍼졌습니다
수천수만이 어깨동무를 건
꽃불들이 전국을 밝혔습니다
교과서나 부모님의 기억에서
배우거나 듣는 것이 아니었습니다
유모차를 탄 아기와
자유발언을 준비해 온 중고생
퇴근 후 자리한 직장인과
주름진 백발 어르신들까지
서로가 서로의 불빛이 되었습니다
너와 나, 우리가 주인이라고
두 손 모아 맞잡은 촛불
대한민국 민주주의의
새로운 역사를 쓰고 있었습니다

김
봉
균

2007년 『시조문학』으로 등단.
시집으로 『금강』 『녹두꽃』 등
이 있다.

축제

엄마 손잡고 달려온 아이의
설레는 가슴에도
고운 족두리 그대로 선
신혼부부의 따뜻한 미소에도
순수한 평화의 바람이 분다

농민들의 갈 데 없는 혼을 담아
일흔두 명이 네 줄로 서서 멘
눈물 얼룩진 상여소리 위에도
모두가 함께 부르는
소녀시대의 '다시 만난 세계' 열창에도
누구도 억누를 수 없는
평등의 바람이 분다

막대 풍선으로 무장한
건설 노동자의 힘찬 함성에도
거짓말 공화국 심장에
비수를 꽂고 싶어
차벽을 기어이 올라탄 청년의 함성에도
통일의 꿈이 꿈틀거린다

그리하여

남대문에서 시청으로
광화문에서 사직공원으로
세종로에서 을지로까지
광장을 가득 메운
승리의 함성은
세상에서 가장 아름다운
민주의 꽃을 피운다

김
석
주

1986년 『시의길』로 등단. 시집
으로 『조선고추』 『아버지와 꿈』
『함성』 등이 있다.

천심

—2016. 11. 26

함박눈이 펑펑 쏟아지다가
진눈깨비 휘날리다 겨울비가 추적추적
어떤 이는 우의를 입고, 어떤 이는 우산을 쓰고
또 어떤 이는 아이를 안고, 그 어린것을 안고서
광화문 광장으로, 광장으로 밀려들면서
박근혜는 퇴진하라! 박근혜를 구속하라. 함성이
하늘을 찌르고 있었지요
수십만 명, 아니 헤아릴 수 없을 정도로 많은 사람들이
청와대를 향해 평화적인 행진을 하였답니다
세상에서 가장 모범적인 시위
남도에서 올라온 누렁이 황소도 "하야하소"
"하야하소" 고함소리 하늘을 진동하였고
방방곡곡, 부산 대구 광주 인천에서, 물러가라
들불처럼 번져가고 있었지요, 박근혜를 구속하라
촛불을 밝혀들고서 목청껏 외치는 소리, 하늘을 찔렀고
우리 건너편 동네의 그 쪼그마한 애완견도
속았다며 밤새 울부짖고, 그때 그 어둠 속에서의 음모를
모두 다 들었다며 새벽같이 새들이 조잘거리고
들쥐들이 수군거렸지요, 모든 걸 다 보았다며
박근혜는 퇴진하라, 박근혜를 구속하라
드디어 하늘이 다시 맑아졌고. 영하의 날씨에도
새벽까지 군중의 함성이 이어졌지요, 박근혜는 물러가라

이 땅의 주인들이 부르짖고 있었지요, 박근혜는 퇴진하라

천심天心이었어요, 거스를 수 없는

김
솔

2003년 『사람의문학』으로 등
단. 시집으로 『상처가 ▊▊이다』
가 있다.

촛불광장

진눈깨비 흩날리는데
백만 송이 꽃이 피었습니다

심지에 불 댕기고 불의를 태우며 피어나는 혁명의 불꽃

하나의 꽃으로는 어둠 밝힐 수 없어
촛불은 촛불을 부릅니다
촛불은 촛불에게 가 어깨동무합니다

모든 경계가 사라지는 광장에선
분노도 꽃으로
아픔도 꽃으로
당신의 눈물마저 꽃으로

수백만 송이, 백만 송이 꽃들이
서로의 언 몸을 비비며 노래 부릅니다
얼어붙은 대한민국을 녹이려 따뜻한 노래 부릅니다

꽃들이 떠난 광장엔 향기만 그득합니다

김
수
려

2007년 『대전작가시선』으로
등단.

오로지 새벽을

마침내 결전, 별군들은 반성을 모르는
끝없는 밤을 한군데로 몰았다
지략과 용맹의 장군은 멀리 홍 강의 상태를 읽었다
불 성 위에 올라
배를 띄우고 저으라 묵령했다 빛의 세력은
차가운 밤사이 떨지도 않고 하류로
밤의 가장자리 흔들리다가 이내 돌아서
복판으로 상류로 밤의 내장들을 파들었다

분노와 눈물로 서명된 함성에
웃음으로 봉인된 깃발들, 고대로부터의
범람하는 밤이여 아래를 보라
꺼지지 않았느냐 뒤를 보라
기댈 데가 없지 않느냐
변방이며 중심이었던 오랜 허위의 밤이여
망루에서 서치의 빛다발이 길게 올린다
밝은 세력이 어두운 세력의 목을 비틀었나니
불은 태워서 없음을 만든다,
불은 태워서 있음을 만든다

나팔은 다정하고
열리는 하늘의 양 뺨이 훤하다

아침을 준비하는 강안
상처 난 돌들 날아오르는 작은 새들
장군에게 새움 같은 미소들을 보낸다
은은하구나
사람들은 아직 잠 속에서 편안하다
암흑이 다한 뿌리여 어린 나무들이 모르는 척 살핀다

김
수
복

1975년 『한국문학』으로 등단.
시집으로 『지리산타령』 『새를
기다리며』 『모든 길들은 노래
를 부른다』 『외박』 『하늘 우체
국』 등이 있다.

귀가

드디어 평화혁명의 새벽이 왔다
초승달이 보름달에게 안기듯
이제 모든 골목들은 집으로 돌아간다
새벽 싸움의 이슬을 털고
광야의 폭풍우에
젖은 절망의 외투도 벗고
승리의 기쁨도 대문간에 숨겨놓고
진실의 탕아처럼
빛의 어머니 품에 안겨서 운다
운다는 것은 승리의 기쁨이라는 것을
먼발치에서 들어오는 발소리를
보고 알고 있었다는 듯
보름달은 기다리고 있었던 것이다

김
수
정

2011년 『21세기문학』으로 등
단.

목소리, 2016

언제부터인가
고향을 말하기 싫어졌다.

오월의 슬픔을 모르던 내가
군인의 칼날에 베어진 꽃잎을 폭도라고 배운 내가
진실로 서러움이 무언지 모르면서 설움을 노래하던 내가
부끄러워서이다.

한 세기가 바뀌고 새 세대가 태어나
또다시
민주주의를 묻는다.

나는 아직도
큰 소리로 대답할 수 없지만
2·28공원*에 뜨겁게 타오르는 촛불을 보며
이제는 광화문에서 대구 사투리를 써도 되겠다 싶다.

---

* 2·28기념중앙공원: 2·28 대구 학생의거를 기념하기 위해 조성된 공원.

김
여
옥

1991년 등단. 시집으로 『제자
리 되찾기』 『너에게 사로잡히
다』 등이 있다.

저 황홀한 촛불의 향연

어둠 속에 오래 머물러 있을수록
갑자기 나타난 불빛은
눈을 찌르는 통증으로 올 수도 있다

시퍼런 죽창 하나씩 가슴속에 꽂은 채
진눈깨비 맞으며 환하디 환한 잇바디들
저 땅끝 해남에서부터 트랙터는 지축을 울리고
홑바지에 짚신으로 우금치를 넘던 갑오년
그 우렁찬 함성으로 광장은 다시 일어섰다

손에 손엔 팔딱이는 심장 오롯이 꺼내들고
붉디붉은 생명의 노래 부르는 이 누구인가
흰 입김 내뿜으며 희망의 찬가를
목 놓아 부르는 그는 누구인가
작은 반딧불이 모여 촛불의 바다가 되었구나
그 바닷물이 격노하여 배를 뒤집어엎는구나

오, 황홀하여라 눈부신 촛불의 향연이여
영원히 꺼지지 않을 불의 제의여
한겨울 동토에서 피어나는 강인한 들꽃이여
미망의 깊은 잠 털고 깨어나는
나비 떼들의 춤사위가 훨훨 북악산을 향한다

다시는 우리의 노래 잊지 않으리
다시는 우리의 정신 잃지 않으리
다시는 불편한 진실 외면치 않으리
연기처럼 소리 없이 스며드는 불의의 그림자
다정한 벗으로 다가와 손 내미는 악의 그림자에
다시는 덩더쿵 더덩실 깨춤 추지 않으리

어둠 속을 오래 헤매본 사람은 안다
어렵사리 찾아낸 작은 불 꼬투리 그러모아
흰밥은 따숩게 구들장은 따땃하게
불 지펴 소중하게 간직하는 법을 안다

작은 반딧불이 모여 촛불의 바다가 되었다
그 바닷물이 격노하여 배를 뒤집어엎는다

김
연
미

2009년 『연인』으로 등단. 시집으로 『바다 쪽으로 피는 꽃』이 있다.

2016 수선화

습관처럼 내뱉는 모른다 그 대답에

일 퍼센트 기대마저 손을 놓는 이 겨울

바닥이 바닥을 보이며 벌거벗고 있을 때

무리지어 피는 꽃은 쉽게 꺾이지 않더라

바람 부는 쪽으로 촛불을 켠 수선화

이 겨울 다 지나도록 일렁이고 있었다.

김
연
종

2004년 『문학과경계』로 등단.
시집으로 『히스테리증 히포크
라테스』 『극락강역』 등이 있
다.

시술詩術

— 오진 18

　무심코 하늘을 우러러 보았다 가늘고 긴 저녁이 거리의 불빛
을 모으고 있었다 어차피 바람 방향과는 무관하게 밀실의 문장은
완성되었다 소문의 행방에 따라 우울이 울분으로 급변했다 촛불
을 켜놓은 광장에서는 연민의 바람이 슬픔을 앞지르기도 했다
나는 가만히 주먹을 쥐고 명멸하는 불빛을 바라보았다 바람과
촛불, 그들은 분명 구면인데 서로가 데면데면했다

　윗글을 읽고 다음 보기 중에서 적절한 단어를 선택하여 빈
칸을 채우세요 (복수 선택 가능)

　<보기>
　시인, 촛불, 광장, 의사, 처방, 병원

　묵직한 통증이 가슴 어귀에 머물렀다
　마음 한쪽을 다독여 (　)에 갔다
　이름 없는 (　)들이 서로를 원망했다
　어쩌다가 이 지경이 되었는지 알 수 없다고
　대책 없는 (　)에서는 쓰러지지 말자
　지극히 건조한 대화만으로도 위안이 되었다
　서명이 초라한 (　)을 받아 간신히 데드라인을 넘는다
　이러려고 (　) 되었는지
　망가진 문고리를 부여잡고 하소연한다

백옥처럼 서늘한 (   )이 활활 타오르고 있다
필명으로 시술하는 (   )들은 두려움이 없다

김
영
권

2013년 『작가와비평』으로 등
단.

궁궐에서 쪽방까지

막힌 세월은 흘러가지 않는다
응고된 공백의 시간은 광장 위 허공을 맴돌다가
차라리 엄동설한 겨울바다 속으로 가라앉는다

촛불 든 사람들이 요물 웅크린 푸른 기와집으로 몰려가도
좀 전에 자기가 눈물 흘리며 한 말을 씹어 먹고 사는 철면피
요물은
변조된 시간 속에 숨어 킬킬 웃어댄다
눈물과 함성과 분노는 빙화되어
눈송이처럼 어깨 위에 촛불 곁에 떨어져 내린다

점심시간에 인터넷으로 검색해 보는 뉴스
궁궐 속의 요괴와 그 하수인들은 점점 더 꼼수를 부린다
머리와 가슴속에 울화가 끓어
심장이 답답해지고 위장에도 찌르는 듯한 통증이 온다

저 추한 요물들을 어찌할 것인가?
당장 끌어내 도륙하고 싶지만
법이 도리어 요괴의 방패가 된다
악귀의 입이 법조문을 읊조리며
천만 송이 촛불꽃에 담긴 마음을 우롱한다

하지만 광장의 촛불은 이미 마음속에 들어와 있다
절망과 고통 속에서도 포기할 순 없는 정화精華……
촛불은 흑풍 앞에서도 한마음으로 붉게 타오르며
마침내 민주의 힘으로 궁궐 속 요물을 끌어내 처단해 버리고
광장과 하늘과 바닷속 그리고
지옥 같은 쪽방 골방에서 죽음과 동거하는 사람들의
가슴속까지 환히 비춰주는 희망이 된다

김
영
미

2005년 『제주작가』로 등단. 시
집으로 『달과 별이 섞어 놓은
시간』 『물들다』 등이 있다.

새벽이 오고 있다

새벽이 오고 있다.
가장 어두운 밤을 지나 별빛 하나 등에 업고
차갑고 싱그러운 바람을 가르며
새벽이 오고 있다.

광장을 메운 뜨거운 함성을 들으며
추운 밤을 불사르고 피어오른 촛불들의 빛을 따라
사팔뜨기 같은 비열하고 캄캄한 침묵들을 밀어내며
어깨를 맞대어 행진을 하듯이
새벽이 오고 있다.

진실이 진실하지 않은 모습으로
기이하게 자라는 비밀들과 내통하고
정의가 죽음처럼 뒹구는 숲속의 왕궁에서
꽃처럼 져버린 왜곡된 사월을 인양하러
새벽이 오고 있다.

뼈와 살이 빠진 늙은 유령들과 광대의 무대는
이제 끝날 것이다.
촛불 앞에서 어둠이 흩어지듯이
권력이란 최면이 산산이 부서지고 나면
우리는 늙은 유령들과 광대의 뼈를 모아

그 누구도 꿈꾼 적이 없는 가장 혹독하고 비참한 꿈을
그들의 무덤에서 꾸게 할 것이다.

백악산*과 인왕산에서 불어온 신선한 바람은
우리의 이마를 만지며 우리의 분노를 위로할 것이며
피 흘리지 않았어도 우리들의 민주주의가
가장 화려하고 위대하였음을 말해줄 것이다.

진창처럼 썩고 문드러진 그들의 잔치는 이제 끝났다.

첫서리 같은 새벽은 광장을 향해
어둠을 깨트리고 장막을 가르며 지금 오고 있다.

* 북악산의 옛 지명. 일제가 이름을 바꾸었으나 2009년 문화재청이 명승으로 지정하면
  서 백악산이란 옛 이름으로 복원되었다.

김
영
언

1989년 『교사문학』으로 등단.
시집으로 『아무도 주워 가지 않
는 세월』 『집 없는 시대의 자화
상』 등이 있다.

촛불 해전

서울 광화문 광장에서는
해전이 뜨겁게 벌어지고 있다

눈을 부릅뜬 청동 이순신 장군은
어둠 속에 숨어 있는 삼각산을 등지고 서서
오른손에 큰 칼을 쥐고
적을 단칼에 베어버릴 기세다

적은, 그러나 등 뒤에 있다
작은 촛불을 저마다 움켜쥐고
장엄한 의식처럼 도도하게 물결치는 함성들
눈앞의 분노는 적이 아니다
숨어 있는 적을 보지 못한다면
그도 역사도 적이 될 것이다
비장하게 등을 돌려
정의로운 반역을 호령해야 한다
더는 가만히 있지 말아야 한다

죽창 대신 촛불을 밝혀 든
남녀노소 천만 의병 대열을 이끌고
무고한 백성들을 침몰시키며
간교한 역적들이 일으키고 있는

탁하게 역류하는 조류를 베어야 한다
진도 앞바다에서 삼각산까지
국정교과서 밖으로 진군해야 한다
눈 뜨거운 민란을 지휘하는
의병장이 되어야 한다

김
영
주

2009년 『유심』으로 등단. 시집
으로 『미안하다, 달』『오리야
날아라』『뉘엿뉘엿』 등이 있
다.

촛불 든 사람들

촛불의 '촛'자는 손이 받든 별이다

꺼질 듯 흐느끼는 가난한 별을 따다

눈 닫고
귀 막은 이에게
손 모아 내미는 별

김

완

2009년 『시와시학』으로 등단.
시집으로 『그리운 풍경에는 원
근법이 없다』 『너덜겅 편지』 등
이 있다.

촛불은 혁명이다

이것은 혁명이다
오늘 광화문 광장에서 보았다
세상의 어둠을 밀어내고자
모여든 백만 개의 촛불들
살아있는 역사를 보았다

유모차를 끌며 모여든 부모들
피켓을 든 어린 남녀 학생들
상인 농부 회사원 노동자 학생
장년 청년 소년 남녀노소 각계각층
끝없이 이어진 목멘 함성들
경찰과 차벽이 없는 거리에
촛불들이 거대한 강물로 흐른다

백만 촛불의 파도타기를 보았는가
이것은 혁명이다
"촛불은 촛불일 뿐이다
바람이 불면 다 꺼지게 돼 있다"
어느 국회의원의 말을 들었는가
한 사람이 든 촛불은 그냥 촛불이지만
백만 시민들이 함께 든 촛불은
꺼지지 않는 횃불이다

우리는 함께 보았지 그리고 분노했지
세월호 침몰에서 백남기 농민의 물대포 사망까지
독재자 아비에게 쫓겨나고 딸에게 살해당한*
백남기 농민의 사망진단서를 두고
벌이는 검찰과 법원과 이 정부의 몰염치를
외인사가 아니고 병사라고 우기는
S의대 신경외과 백 모 교수의 비양심적 소신을

불의의 서슬이 튼튼하게 자랄수록
들풀 같은 민초들의 불꽃은 고요해졌지
JTBC 태블릿 PC 보도가 나오기까지
손바닥으로 하늘을 가리려는 행위들
"위록지마"라 할 때 "네"라고 설설 기던
알면서도 호가호위하던 정치인들

이것은 나라가 아니다
대통령의 비선 측근들과 어리석고 무능한
조종 받은 군주 한 명이 온 세상을
어지럽히는 것을 두 눈으로 보고 있다
군대 생활 함께한 참으로
오랜만에 광장에서 다시 만난

친구여, 이것은 혁명이다

살아있지만 죽은 것처럼 살아가던
우리 몸속에 잠들어 있던 전설을 깨우듯
동학농민운동, 3·1운동, 4·19혁명,
5·18민주화 운동, 6월 항쟁의 유전자들
SNS에서, 광장에서, 시민들에 의한,
이것은 촛불혁명이다

우리에게 내일의 생은 없다
대통령 퇴진과 탄핵을 넘어
새로운 질서를 구축할 때까지
친일, 독재와 반역의 역사를 청산하고
더불어 사는 삶을 완성할 때까지

아이들에게만은 더 이상
이런 세상을 물려줄 수 없다는
아픈 각성이 따라오는 밤이다
역사의 마지막 기회인지도 모른다
우리 모두 크고 긴 호흡으로
서로를 격려하며 힘내길 소망하자

괴물 같은 자본주의 헬조선을 추방하고
젊은이들의 참세상 진실을 인양하자
이것은 오래된 침묵의 함성이다
광장에서, 집에서, 세계 곳곳에서
마음속 촛불을 들어 함께 외치자
자신의 몸을 태워 어둠을 밀어내는
친구여, 촛불은 우리들의 혁명이다

* 2016. 9. 5일자 뉴욕타임지 보도 인용.

김
완
수

2015년 <광남일보> 신춘문예
로 등단.

초

깨어 있는 자들은 알지
오르지 못할 것 같은 산을 오를 때
팔띠 두른 사람이 소리 높여 막아도
수굿이 뒷걸음질 치진 않는다는 것을
언뜻 눈 녹아 보이는 산을 오를 때
낙석보다 무서운 주의 푯말이 서도
그렁그렁한 눈으로 돌아서진 않는다는 것을

주먹 불끈 쥐는 일은
뜨거울수록 단단해지는 초를 들려는 것
파열의 목소리가 입막음할 때마다
잠꼬대같이 웅얼거릴 순 없어
목구멍에서 끓어오르는 침묵의 가래는
함성으로 시원하게 내뱉어야 한다는 것을
깨어 있는 자들은 알지

깨어 있는 자들은
부둥켜 뜨거워지려 할 때
정전停電의 물벼락이 쏟아져도
닫힌 서랍에서 다시 초를 찾아
기억의 심지에 불을 붙이지

깨어 있음은
초 하나 얼굴만큼 쳐들어
서로에게 약속을 보인다는 것
날숨이 깊을수록 불 활활 타오름을
약속보다 크게 믿는다는 것

깨어 있는 자들은 알지
캄캄한 방을 밝히면
차가운 광장도 데워질 수 있다는 것을

김
왕
노

1992년 <매일신문> 신춘문예로 등단. 『슬픔도 진화한다』 『말 달리자 아버지』 『사랑, 그 백년에 대하여』 『중독』 『그리운 파란만장』 『사진속의 바다』 『아직도 그리움을 하십니까』 등이 있다.

촛불로 돌아오는 세월호 아이들

보랏빛 도라지꽃도 지고 구절초 지고 찬물소리 들리고 털갈이 끝낸 짐승이 겨울 냄새를 맡으려 고개 높이 처들 때도 오지 않고 가을 햇살을 따라 탁발을 나섰던 동자승이 돌아와도 돌아오지 않더니 수학여행 철이 지나도 오지 않더니 아득히 멀고 먼 물의 나라 북해도보다 더 차가울 물의 나라 연고자도 연고지도 없는 물의 나라에 죽음의 이름표나 들고 수학여행 끝날 날 기다리다가 어쩌다 죽음의 그물코를 조기 떼처럼 우우 벗어나 칠산 앞바다 조기 떼 울음소리 내면서 차가운 물의 수풀 수풀을 헤치면서 커다란 그리움의 지느러미로 꼬리에 꼬리를 쳐서 세월호 아이들 촛불로 돌아오네요. 눈물과 한숨으로 캄캄했던 어머니 가슴을 환히 밝히면서 친구를 잃어 절망인 아이의 가슴도 밝히면서 저기 저 봐요. 촛불이 되어 돌아오고 있어요. 맑은 꿈으로 활활 타오르면서 세월호 아이들 불멸의 촛불로 돌아오고 있네요. 불의 강물을 이뤄 돌아오고 있네요. 이 세상 어디에도 없는 촛불의 강물이 되어 한 시대의 어둠을 태우며 흘러오네요. 용암처럼 광장을 거리를 불의 바다로 만들며 돌아오네요. 거짓은 가라. 거짓은 한줌 재가 되라면서 밤새 저 봐요, 저 봐. 세월호 아이들 촛불, 촛불로 돌아오네요. 촛불로 어머니 밥을 지으시던지 촛불로 어머니 한 시대 어둠을 태우시던지 촛불로 어머니 눈물을 말리시던지 촛불로 어머니와 도란도란 밤을 새우시던지 저기 저 봐요, 저기 분명, 세월호의 아이들 죽음의 수학여행 끝내고 돌아오고 있어요. 엄마, 아빠, 친구, 선생님, 형, 오빠,

동생, 할머니, 할아버지, 동네 아저씨, 아줌마 부르며 선물 꾸러미
흔들며 촛불로 환히 살아 돌아오고 있네요. 세상에서 가장 아름
다운 촛불로 피어 돌아오고 있네요.

김
요
아

2003년 『시의나라』로 등단. 시
집으로 『행복한 목욕탕』 등이
있다.

촛불처럼 향을 사르고

타고 흐르는 눈물을 제 손으로 닦지 못하고
스스로를 태워 빛을 좇는 것이
그대의 운명이라면

평화시장 네거리에서
최루연기 진눈깨비로 흩날리는 광장에서
검푸른 바다 위의 크레인에서
소리 없는 그대들이
어둠을 내몰려다 사라졌지만

세상은 갈수록 더 높은 벽들로 무성하고
구석진 미명未明 끝으로
빛들은 생기를 잃어
그림자로 켜켜이 쌓여 가는데

하지만
이제는 달라져야 할 것,

더 이상 그대의 힘으로 감당할 수 없다면
견고한 그늘 넘을 수 없다면
차라리 아름다운 향내로 스미어 감싸버릴 것,

거룩한 내음 곳곳으로 지펴 올리고
더 큰 함성의 주술로 한 발 한 발 내딛으며
누구나 그 향기로 사람다운 세상을 만들어갈 것,

김
용
락

1984년 <창비신작시집>으로
등단. 시집으로 『산수유나무』
『푸른별』 등이 있다.

대구 촛불

박근혜 대통령 탄핵 국회 가결된 다음 날
대구 시내 한일로에 많은 촛불이 켜졌다
구 로얄호텔 사거리에서 시청 사거리까지
도로 절반이 촛불에 점령되었다
대구 도심 길거리에 초유의 촛불바다가 생겨났다
앗! 그 촛불바다 상공에 고래가 나타났다
노란 동아줄을 지상에 박고
하늘을 날아다니고 있는 고래
자세히 보니 고래 등에 귀여운 새끼 고래가 다닥다닥 붙어있
다
아니 더 자세히 보니 그 봄 세월호와 사라졌던
아이들이 고래 등에서 두 팔을 치켜든 채 잔뜩 고함을 치고
있다
지상의 아스팔트에는
대통령 조기퇴진 구호를 매단 개조된 네 발 바이크 대열이
열린 도로 한쪽을 누비고 있다
꽹과리와 피리를 든 풍물패를 앞세우고
삼덕성당을 지나 유신학원 네거리를 지나
반월당을 거쳐 구 제일극장 앞을 돌 때
군중 속에서 누군가 아, 시인도 나오셨군요, 라고 외친다
돌아보니 참여정부 때 정책수석을 지낸 이 아무개 교수다
또 돌아보니 80년 초 내가 귀때기 새파란 초임교사 때

내게 도이치이데올로기 복사판을 건네준 민 아무개 선배 교사
80년대 후반 대명동 변두리에서 노동자문학회를 함께한 후배
옛 출판사 건물 주인아저씨를 오랜만에 만나면서
아, 아, 대구 촛불은 더 붉게 타올랐다
대구에서 이런 장면을 본 게 그 언제였던가?
30년 전 유월항쟁 때 대구 동성로, 중앙로
그 뙤약볕 아래 아스팔트에 누워서
최루탄을 맞으면서도 버티던 그 많던 친구들
그동안 어디 갔다가 이 추운 오늘 밤 촛불로 귀환했나?
이 아름다운 대구 촛불들이여
역사의 뒤안길에서도 결코 다시는 꺼지지 말자 다짐하면서
시내를 한 바퀴 돌고 다시 원위치
집회장 차가운 아스팔트에 삼삼오오 앉자
밤하늘의 별이 하늘 전체를 촛불바다로 만들고 있었다

김
유
철

2007년 『가톨릭문학』으로 등
단. 시집으로 『천개의 바람』 『그
대였나요』 등이 있다.

이날은 더디지만

우리가 원하는 날
모두가 꿈처럼 여기는 날
자식들은 이렇게 살기를 바랐던 날
이날은 더디지만 끝내 온다

법을 만든 자들이 법을 무시하고
법을 집행하는 자들이 법 뒤에 숨으며
죄 지은 자가 법을 응용하고 변형하고 분해시키는
쑥대머리 같은 세상

그 쑥대머리들이 구중궁궐에 모여
편 가르고 짝짓고 약 먹고 토해대며
웃을 일에 울고
울 일에 박장대소하던
그 거짓과 어두움과 병듦을 몰아낼
이날은 더디지만 끝내 온다

불면 꺼지리라던 촛불 속에서
시린 두 손 호호 불던 입김 속에서
옆 사람의 배려와 응원 속에서
깨어있는 한 사람 한 사람의 눈동자 속에서
새로운 세상과 올곧은 나라의 춤이 일렁인다

통곡이 일상이 되어버린 바다와 강
한숨이 전부인 농촌과 어촌
비록 남루해질 대로 남루해졌지만
어둠 속으로 감추어 놓은 희망이라는 어둑새벽의 길
그 길로 가는 이날은 더디지만 끝내 온다

자랑스럽고
건강하고
행복한
그래, 이날은 더디지만 분명히 온다

김
윤
배

1986년 『세계의문학』으로 등
단. 시집으로 『떠돌이의 노래』
『강 깊은 당신 편지』『굴욕은
아름답다』『따뜻한 말 속에 욕
망이 숨어 있다』『부론에서 길
을 잃다』『혹독한 기다림 위에
있다』『바람의 등을 보았다』 등
이 있다.

세라니까, 밀랍이니까

밀랍인형 박물관 문화예술코너에 그녀를 세웠으면 좋겠다
마드리드에게 우아하게 미소 짓는 그녀는 수치와 긍지겠다

그녀는 시녀 몇쯤 거느리고 얼음처럼 기품 있게 정원을 산책
할 수 있겠다

밀랍의 육신은 백년 후에도 빛나겠다
밀랍의 미소로 천년을 농단한다 한들 촛불은 밝혀지지 않겠다

마드리드니까, 세라박물관이니까

수백만의 노란 불빛을 세라박물관에 옮겼으면 좋겠다
어둔 바다의 잠들지 못하는 파도를 옮겼으면 좋겠다
1분 동안의 퇴마 암전으로 마귀들이 샤만의 바이칼로 달아났
으면 좋겠다
분노며 환희며 사람의 축제는,
그러다 그렇게 죽어간 영혼들의 갈채였으면 좋겠다
군화와 살의를 제압한 따뜻한 비수를 밀랍인형으로 세웠으면
좋겠다

진짜 같은, 진짜 아닌 진짜의 권력을 밀랍인형으로 세웠으면
좋겠다

파도에 잠긴 검은 무지개를 밀랍인형으로 세웠으면 좋겠다

우리들 가슴이

세라니까, 밀랍이니까

김
윤
숭

2011년 『우리시』로 등단. 『지
리산문학인소요유』 『지리산문
학21』 등이 있다.

촛불혁명

시민혁명 승리요 폭력혁명 아니다
세계사에 처음 있는 촛불혁명 성공이다
시위를 축제로 즐기는 평화로운 혁명이다

대통령은 박근혜, 대박을 외치다가
쪽팔리는 박근혜, 쪽박을 내던지다
청와대 박차고 나가소 농성장을 나오소

청와대가 닭장인가 웬 닭이 활개치나
여왕 닭 잡아야 에이아이 잡는다
닭 해에 닭 모가지 새벽에 우주 기운 내리다

해먹은 거 없다고 나라를 들쑤셔놓고
장관도 해임하면서 대통은 책임 없다고
인간의 마음이나 있나 닭대가리 뭘 아나

세 끝을 조심하라 옛사람들 가르침
시민이 조심할 일 손끝 보태 네 끝이네
여왕의 이미지에만 환호하던 손끝이여

안 의사 단지는 구국의 결단이고
투명한 단지총은 망국의 회한이네

얼굴만 보고 찍은 손가락 자귀로 찍어내

나라야 망하든 말든 공놀이에 빠지다
국회에 떠넘기고 헌재에 내던지고
아 몰라 국가와 국민이 나하고 뭔 상관이람

그 세월에 유병언 한 해 건너 최순실
중세의 암흑시대 현대에 재현하네
뭐라고 마녀사냥이라고 푸른 집에 살아있네

목사님도 가시고 선생님도 안 계시고
천지간에 혼자서 공주노릇 할 수 있나
스스로 할 줄 아는 건 소꿉놀이뿐인데

스스로 불 질러도 불장난에 탈 없고
촛불이든 맞불이든 불구경만 좋아해
물불에 괴롭든 말든 불난 집에 부채질

고종이 아니다 이완용에 불과하다
이완용을 위하여 목숨 바쳐 충성하나
여왕 탈 벗겨진 이완용 변치 않고 호위하나

여당도 돌아서다 배신이라 하겠는가
충신이 없다고 먼저 국민 배신하다
사이비 믿음밖에 더 있나 간신배는 잔존하네

국가와 결혼한 선덕여왕인가 여겼더니
사이비교주 섬기는 광신도에 불과하네
제 속고 국민도 속았다고 사돈 남 말 잘하네

국민이 뽑거나 국민이 뽑아버린다
백만 이상의 촛불시위에 국회의 과반수로
임기 중 국민투표 부쳐 퇴출여부 결정하다

국가든 국민이든 위하든지 말든지
정부가 기업에게 돈 한 푼 거두면
누구든 통치행위든 즉각 구속 엄벌한다

나쁜 머리 정치하니 이리떼들 날뛰다
똑똑한 지도자야 모두 위한 정치한다
머리는 빌리면 된다고 이리 가릴 머리 되나

국민 고루 잘 살게 함 그걸 위해 된 게 아니다
대통을 만들어준 무녀 떨거지 위해서다

떨거지 위한 정치 따위 안 할 사람 그리 없나

광장을 밝히는 촛불

김
윤
현

1984년 『분단시대』로 등단. 시
집으로 『창문 너머로』 『사람들
이 다시 그리워질까』 『석천사
에는 목어가 없다』 『들꽃을 엿
듣다』 등이 있다.

자신의 생각이 늘 순수하다고 착각한 끝에 촛불들에게 강요하여 우리의 광장이 어둠의 강에 빠지게 되었다 비판의 소리 듣기 싫다고 강물에 쏙 빠트려 우리의 광장이 어둠의 보에 갇히게 되었다 자신의 판단을 촛불들에게 잘 흘러들게 할 딸랑이들만 가까이하여 우리의 광장이 어둠의 늪에 허우적거리게 되었다 좌를 바라보며 우를 다스리기보다 좌를 보지 않고 우만 끌어안아 광장이 어둠의 바다에 좌초하게 되었다 건너편은 검고 이쪽은 희다고 여겨 우리의 광장이 갈라지게 되었다 밤을 지내야 낮이 다가온다기보다 낮을 지내면 곧장 낮으로 이어진다는 텅 빈 의식에 우리의 광장이 어둠의 해저에 가라앉게 되었다 한낮이 되어도 광장은 곳곳이 어두웠다 눈이 있어도 아무것 보지 못하는 광장이 되었다 우리의 광장이 되지 못한 광장에 더 참을 수 없는 촛불들이 모였다 어떤 바람에도 꺼지지 않는 촛불이 되어 광장은 공정해야 된다고 공평해야 된다고 평화로워야 된다고 외치며 분노하며 눈물 흘리며 친구의 손을 잡고 모였다 가족끼리 모여들었다 아아, 이제는 밤이 깊어도 환하게 된 광장이여! 어둠을 태워버린 촛불이여!

김
윤
환

1989년 『실천문학』으로 등단.
시집으로 『그릇에 대한 기억』
『까따뿌난에서 만난 예수』『이
름의 풍장』 등이 있다.

꽃이 망치가 되어

2014년 4월에
제 낯짝에 신작로를 내느라
생떼 같은 304명의 목숨을 내팽개친
미친 권력의 담장 아래
분노에 지친 사람들이 꽃을 피운다
추악한 무리들의 담장 아래
가시덤불을 깔고
사람들이 목 놓아 노래 부른다
멀쩡하게 살고 싶은
사람들이 촛불로 꽃을 피운다

알 수 없는 수십 년 견고한 담장 아래
이끼처럼 살 수 없어
아이를 안고, 친구의 손을 잡고
촛불을 피운다, 꽃을 피운다
무구한 백성의 피를 빨아먹는
인면수심의 흡혈족속을 화형하기 위해
망치 대신 불꽃을 들었다.
불의한 경계를 허무는 꽃을 피웠다
불꽃이 망치가 되어
지옥의 담장을 허물고 있었다
사람의 세상을 건설하고 있었다

꽃이, 저 출렁이는 불꽃이
새 세상의 망치가 되는 것을 보았다
2016년 겨울에.

김
은
령

1998년 『불교문예』로 등단. 시
집으로 『통조림』『차경』 등이
있다.

촛불론

저
아름답고도 눈물 나는
불, 빛을 논하는 건
내가 할 수 있는
그 어떤 형용도 사족일 뿐
저것은
비참, 절망, 자괴와 피폐함
말할 수 없는 수치인
하, 각설하고
작금의 상태에서 헤어나자고 외치는
그런
아주 단순한
순결하기 그지없는
가슴들이 태우는 심지!
그래서 환하다

굳이 논한다면
꺼지지 않는 불길이다

김은숙

시집으로 『그대에게 가는 길』
『창밖에 그가 있네』『아름다운
소멸』『손길』 등이 있다.

촛불의 미학
—2016년 겨울

촛불은 각성
가슴으로 밝히는 뜨거운 심지
이 땅 저마다 주인이었다는 일깨움
바람 불어도 꺼질 수 없는 침묵의 의지

촛불은 열망
컴컴한 장막 걷어내려는 분노의 물결
어둠의 너울 넘어서려는 눈빛의 연대
결빙의 시간 더불어 견디는 공감과 소통
불의를 밝히려는 벼랑 끝 갈증의 지평

촛불은 함성
절망의 땅에서 부르는 가슴 시린 희망의 노래
폐허의 땅에 뿌리는 민주주의의 씨앗
물러설 수 없는 이 땅 불꽃의 합창

김
이
하

1989년 『동양문학』으로 등단.
시집으로 『내 가슴에서 날아간
UFO』 『타박타박』 『춘정, 火』
『눈물에 금이 갔다』 등이 있다.

세월, 그 뒤의 정물

사람이 사라진 그날부터
내 눈에서 눈물도 사라졌습니다
그들을 생각하며 눈물을 흘리느니
그들의 헤어진 사람들이 쓸쓸한 세상
서러움 녹은 그곳에서
나도 쓸쓸한 정물이 되고 싶었습니다
보세요, 내가 살아있는 것을 느낄 때마다
주체할 수 없이 눈물과 콧물을 뿜어내는 걸
어찌 견디겠어요, 이 가슴 아린 곳에서
차마 사람이라고
아무것도 할 수 없는 사람의 탈을 쓰고 걸어 다니는
그런 슬기슬기사람*이라고
어찌 보여줄 수 있겠어요
눈 뜨고 세 끼 밥을 먹고
고통에 못 이겨 술을 마시고
자욱한 길을 따라 갈지자로 걷다가
집 앞에 엎어지다가
분노가 끓어 넘쳐 짐승이 되고야 마는
지옥도地獄道 같은 이 땅에서는
살아있다고 자랑할 만한 일도 아니거니와
살아있다는, 그게 또한 슬퍼서
광장 한편에 오도카니 앉아 촛농이나 흘리며

망연한 정물이 되려 했습니다
차라리 나도
이 땅에서 무참히 사라진
지금은 슬픔 눅눅한 가슴에서만 사는
그 사람들이고 싶었습니다

* 슬기슬기사람: 호모 사피엔스 사피엔스

김
인
구

1991년 등단. 시집으로 『다시
꽃으로 태어나는 너에게』 『신
림동 연가』 『아름다운 비밀』 등
이 있다.

촛불꽃

광화문 광장에 꽃이 핀다
수백만 송이의 꽃의 제전
책가방을 멘 아이들도
장바구니를 든 여인네들도
누구나 함께 어깨를 맞대고 걸으면
사방에서 사방으로
환하게 더 환하게
일어서는 거대한 꽃물결
꽃이 핀다
새로운 연대기다

김
자
현

1994년 『문학과의식』으로 등
단. 시집으로 『화살과 달』 『앞
치마를 두른 당나귀』 등이 있
다.

촛불 2016

까물까물 아스라이 이어진 촛불
북으로 남으로 전국을 흐르니
백만 이백만 촛불 에허라 데여 에허라 데여
구천을 떠돌던 혼령들의 씻김굿
역사의 갈피를 꽂으며 상여 나간다

한 평 비굴의 관에 불을 붙이고, 한 평 사악의 관에 화염을
사르고
한 평 불의에 관에 심지를 태우고, 한 평 어둠의 세력에 촛불을
밝히고
누구든 몇 번은 건너 왔을 속울음 재우는 광화문 추녀 밑에서
반딧불이 반딧불이, 수천수만의 반딧불이가 된다

연평도에 천안함에 아웅산에 블라디보스톡에 5·18에
그리고 민주의 숲으로 가버린 열사, 열사들
차라리 따뜻한 바닷속
아직도 통곡이 메아리치는 팽목항에 남겨진 이승의 겨울은
더 추워라
가슴에 차가운 봉분을 감싸 안고
상여를 멘 교꾼들 에허라 데여~ 에허라 데여~
이백만 삼백만 촛불 들어 혼을 달래니
이유도 모르고 별이 된 영령들이여, 살피소서

별 하나에 용서를 빌어보는 밤, 별 하나에 민주를 세워보는
밤

별 하나에 화합을 가다듬는 밤, 별 하나에 통일을 염원하는
밤

중지동천衆志動天

맑은 기운 모이고 모여

극동에서도 한반도 선한 민중이 쏘아 올리는

처절한 천연의 발광!

꿈틀거리는

살무사의 목을 밟고 서서

오천만의 가슴에 정의의 뼈를 찔러 넣는 밤

청천이 열려라 안드로메다까지 닿아라

최대의 지상파 최고의 우주 쇼

김
자
흔

2004년 『내일을여는작가』로
등단. 시집으로 『고장 난 꿈』이
있다.

혁명적이거나 게릴라적이거나

눈송이는 점점 몸집을 부풀렸다
첫눈인데도 소담스러웠다
제법 쌓일 것 같아,
하얗게 덮여가는 버스 창밖을 내다보며
무심코 던지는 뒷사람의 말을 나도 되받았다
눈이 혁명적으로 내리네,
창밖으로 향해 있는 귀로
옆자리 시인 말이 뜬금처럼 들어왔다
혁명적으로 내리는 눈이라,
문득 체코의 체 게바라란 사내 이름과
게릴라적이란 단어가 동시에 떠올랐다
혁명이라는 거시적 표현보다는
게릴라라는 미시적 표현이 맞지 않을까
나름의 생각에 골똘할 때
우리에겐 첫눈이 내리네 그네에겐 마지막 눈이 내리네,
동행 시인의 웃음기 섞인 말이 더 날아왔다
고속도로에 들어서면서 차들은 엉거주춤이다
혁명적이거나 게릴라적인 눈 탓인 줄 알았더니
하필 도로에 콜타르 작업 중이다
바닥의 콜타르 김이 포실포실 올라와
하늘의 흰 눈송이와 섞여 들었다
올해 첫눈은 낭만적이 아니라

혁명적이거나 게릴라적인 게 맞겠구나,
되뇌면서 5호선 전동차로 갈아탔다
꽉 들어찬 전동차 안에서부터
광화문 광장 오르는 지하 계단까지
5차 촛불집회 이백만 민심들로 바짝 올려졌다

김
재
근

2010년 『창작과비평』으로 등
단. 시집으로 『무중력 화요
일』이 있다.

촛불이 흐르는 바다

어둠은 빛을 이기지 못한다
아몰랑 몰라, 아는 게 없어, 느낄 수가 없어
들어도 듣지 못하는
불통과 불감의 공주여
수첩에 매일 무얼 적고 있는가

당신의 프로포폴한 잠 속은 당신의 꿈만 이루어지는 나라
캐도 캐도 알 수 없는
부패와 탐욕으로 부정으로 가득한 나라
당신과 당신의 망령들이 만든 지옥과 아비규환들
여기는 너무 썩어 악취가 나지만
당신은 발효라고 철면피하게 말하겠지
무슨 일이 있어도 관사에 침대에 누워
아몰랑 아몰랑만 하면 다 되는 나라
얼굴에 실만 심으면, 대전은요? 한마디면 다 되는 나라

지옥의 문고리를 붙들고
당신이 불러오는 어둠과 지옥들
당신은 누구를 대신하는가
당신의 입은 누구를 빌려 오는가
거짓 눈물로 모두를 속이려 하지만
프로포폴의 긴 어둠으로 도망가고 싶겠지만

아는 게 없어 모르는 게 없는
불감의 거짓 공주여, 이제 진저리 친다

참을 수 없어, 미칠 수 없어
당신의 7시간을 찾는다
물속에 가라앉은 아이들이 찾아오고 있다
당신의 빌린 입들이 벌어지고 있다
당신을 대신한 입들이 열리고 있다
거짓 눈물로 연출된 유가족으로 아이들을 달랠 수 없다
별이 된 아이들 이름 욕되게 하지 마라

자백하라, 솔선을 수범하여
당신과 당신의 종족들이 만든 이 지옥을
일말의 사람이라면
양심이 뭔지도 애초 없었겠지만

촛불이 타오른다
천만의 빛의 바다가 도도히 이 광장을 적시며
당신의 무지를, 당신의 무능과 무능을 능가하는 저능을
당신의 더러움을 처형할 것이다

민주는 죽지 않는다

광장은 이런 맛이다
사람이 사람답게 사는 것이다

어둠은 빛을 이기지 못한다
그러니! 제발 꺼져줄래

김
재
석

1990년 『세계의문학』으로 등
단. 시집으로 『유달산 뻐꾹새
첫 울음소리』 등이 있다.

촛불은 이순신 장군 휘하에 있다

광화문 촛불은
23전 23승의
이순신 장군 휘하에 있다

저 촛불이
저리 일사불란한 것은
큰 칼 옆에 찬
이순신 장군이 지휘하기 때문이다

저 촛불이
뜻을 관철하기 전에는
물러설 생각이 없는 것은
이순신 장군이
필생즉사, 필사즉생의 정신을
가슴에 새겨줬기 때문이다

조선 뿌락대기 같은
저 촛불이
저리 반반한 것은
저리 당당한 것은
이순신 장군이 지휘하기 때문이다

광화문 촛불은
이순신 장군 휘하에 있다,
23전 23승의

김
정
원

2006년 『애지』로 등단. 시집으로 『꽃은 바람에 흔들리며 핀다』 『줄탁』 『거룩한 바보』 『환대』 『국수는 내가 살게』 등이 있다.

고산병

민중이 내려오라는 명령을 거부하는, 그러나
오래 버티기에는 산소가 턱없이 희박한 곳,
애초 권력을 도둑질해 개인 호주머니에 넣은
독사의 거처인 청와대가 히말라야 최고봉이구나
유치하고 창피하고 병든
연쇄담화범의 항명과 위선은 지겨워라
청와대 비아그라, 청와대 비우그라

촛불강물이 넘쳐 횃불바다가 된 주인은
봉황의 탈을 쓴 오골계를 깃털 하나 없이 태우고
눈부신 민주주의 상상봉에
새 공화국 깃발을 꽂을 때까지
오름을, 옳음을 포기하지 않으리라
한 발짝도 물러서지 않으리라

김
종
숙

2007년 『사람의깊이』로 등단.

정수리에 촛불을 붙입니다

비선 실세를 앞세워 국정을 농단한 대통령인 줄 몰랐습니다
집무실보다 관지 생활을 더 좋아하는 줄 몰랐습니다
화장하고 머리를 올리는 일로 국정이 지체될 줄 몰랐습니다

내가 이러려고 대통령이 됐나 라는 말을 기억하며 정수리에
불을 붙입니다
　명명백백 진실을 밝히라는 말을 기억하며 정수리에 불을 붙입
니다
　진실을 토대로 엄정한 사법처리가 이루어져야 한다는 말을
기억하며 정수리에 불을 붙입니다
　잘못이 드러나면 그에 상응하는 모든 책임을 질 각오가 돼
있다는 말을 기억하며 정수리에 불을 붙입니다

　생사가 경각에 달린 아이들을 두고
　7시간 만에 나타나 "구명조끼를 입었다는데 그렇게 발견하기
가 힘듭니까?"
　아―망연자실한 물음

대한민국 수도 서울
500원 행렬은 어느 먼 설국의 애기란 말입니까
지배 권력에 가려진 헤게모니의 음모 앞에
수백만 민중이

흰 이마를 들어
혁명의 불꽃을
정수리에 지핍니다

꼭두각시는
상여 꼭두에 세워질 때
제 길을 알고 갑니다
꼭두가 경계인 까닭입니다

김
종
원

1986년 『시인』으로 등단. 시집
으로 『새벽, 7번 국도를 따라가
다』『흐르는 것은 아름답다』 등
이 있다.

광장에 피어난 꽃

모든 것이 어둠 속으로 가라앉는
모습을 보았습니다

TV화면 속에서
비스듬히 기울어진
세상

힘없는 자들의 처절한
몸부림과
절규와

자신의 이익을 위하여 마지막까지
계산기를 부여잡은

정말 어처구니없는
인간들의 욕망

우리들의 삶이
우리들의 작은 소망들이
물거품을 일으키며
천천히 어둠 속으로
가라앉고 있는

이 엄청난 두려움

정의
양심
최소한의 인간에 대한
예의마저

차디찬 어둠 속으로
서서히 아주 서서히
기울어져가는
이 땅의 민주주의

지금 다시 다잡아
일으켜 세우자고
광장 가득 피어난
꽃

907만 송이.

김
종
인

1983년 『세계의문학』으로 등
단. 시집으로 『별』 『나무들의
사랑』 『내 마음의 수평선』 등이
있다.

촛불이여 영원하라

겨울이 저만큼에서 뚜벅뚜벅 다가오고 있습니다
벌써부터 거리엔 낙엽이 뚝뚝 떨어져 뒹굴고
이제 곧 사위는 온통 얼어붙어, 세상 모든 이들이
방안에서 동면의 긴 잠을 청할지라도
우리들은 평화광장의 타오르는 촛불이어야 합니다.

지난 8월 사드 배치 제3부지가 드러나면서
우리들의 기나긴 싸움은 시작되었습니다
당국의 분열 책동과 이간질과 협박에도 살아남아
농소면사무소와 율곡동 안산공원, 시청과 평화의 광장
마침내 서울 광화문 광장과 국방부와 보신각 앞에서
한반도 어디에도 사드 배치 안 된다는 것을 외쳤습니다
우리들이 소원하는 평화가 푸른 바다처럼 하나가 되면
어떤 분열 책동과 협박과 이간질에도 더욱 뭉쳐
촛불이 마침내 승리할 것을 믿습니다

이제는, 말로만 사드 가고 평화 오라 외치고,
평화의 광장에서 두 팔만 휘두를 수 없기에
아름다운 한반도, 사드 가고 평화가 올 때까지
스스로 타오르는 촛불이 되어야 합니다
촛불은 전쟁을 반대하는 우리들의 자존심입니다
촛불은 평화를 갈구하는 우리들의 자부심입니다

그러니 우리는 흩어질 수 없습니다
그러니 평화의 깃발 내릴 수 없습니다
그러니 다함께 모여, 즐겁게 싸워야 합니다
처음 만나는 이들이 모여들어 광장을 채우고
몸살이 나도록 신명나게 춤춰야 합니다
끝까지 평화의 푸른 깃발 휘날려야 합니다

발밑엔 벌써 겨울입니다. 이제 이 겨울 지나면
온 천지 평화의 파란 나비가 날고,
푸른 평화의 깃발이 온 누리를 다 덮을 때까지
마침내 촛불이 승리할 것을 믿으며
오, 촛불이여 영원하라
오, 촛불이여 영원하라.

김
주
대

1989년 『민중시』로 등단. 시집
으로 『도화동 사십 계단』 『그리
움의 넓이』 『사랑을 기억하는
방식』 등이 있다.

붉은 입술들

　여의도역 지하철 계단을 올라가는데 누군가 "박, 근, 혜, 는,"
하고. 외쳤다. 그러자 한 번도 만난 적 없는 수많은 사람들이
약속이나 한 듯이 합창으로 "퇴, 진, 하, 라,"고 답했다. 선창하던
이가 계단 끝에 이르러 사라졌다. 이번엔 또 다른 사람이 이어서
외쳤다, "박, 근, 혜, 는," 뒤따르던 수많은 생면부지의 입술들이
개화하듯 일시에 발갛게 피어났다, "퇴, 진, 하, 라," 잠시 후
박근혜는 탄핵되었다. 국회의사당 정문 앞, 우는 사람, 웃는 사람,
춤추는 사람들 머리 위로 여러 대의 방송사 헬기가 선회하고
있었다. 주머니에 넣은 손끝에 한 시대가 물컹, 만져지는 느낌,
새어 나가지 말라고 지그시 쥐었다.

김
준
태

1969년 『시인』으로 등단. 시집
으로 『참깨를 털면서』 『국밥과
희망』 『불이냐 꽃이냐』 『밭詩』
등이 있다.

행진곡

둥둥 북을 울려라
둥둥 징을 울려라
꽹과리 장구 다 모여라
한라에서 서울 하늘까지

우리 장벽을 부수리라
우리 어둠을 찢으리라
돌과 흙 나무와 꽃으로
아 Korea! 다시 세우리라

둥둥 북을 울려라
둥둥 징을 울려라
꽹과리 장구 다 모여라
온 나라가 그대를 부른다

우리 횃불되리라
우리 승리하리라
우리 하나되리라
우리 평화하리라
아 우리 영원하리라.

김
지
희

2006년 『사람의문학』으로 등
단. 시집으로 『토르소』가 있다.

페르세포네, 어둠의 불

절망도 뭉치고 뭉쳐지면 저리 환한 빛 내뿜는가!

안개산 앞 위험하게 선 청기와집 밀실
어둠의 불을 들고 거짓의 꽃밭을 걷고 있는 페르세포네*
움푹 패인 함정 준비하는 어둠 뒤로
사람들 피 마르도록 함께 숨 쉬면서
길게 언 땅에서 갈증의 결박 풀고
뒷사람 가는 길 돕는다

세상 다 삼키기 위해 뼛속까지 가득한 냉기
어둠 속 제 한 몸 가꾸기에 충실했던 그녀
그네들이 가지고 놀던 사막
별이 져버려 온통 어둠이 쌓인 곳이다
허공에 세운 거대한 그 집
겉모습에 이끌려 들어간 사람들
추락하는 손 누구도 붙잡지 않는다
헝클어진 얼굴 손질하는 그녀의 시간은
배안에 갇힌 딸의 휘파람 소리 꺼내지 못해
시퍼렇게 질린 여인의 입술을 바다로 떨어트리듯 꺼버린다

유모차 속 일그러진 하늘을 물고 있는
아기 울부짖음이 추위로 빛난다

갈비뼈에 송곳니를 박는 그네들 문제에서
청춘의 주먹 쥔 손은 꽃잎을 피워낸다
페르세포네 검은 옷에 묻은 얼룩
기름기 켜켜이 쌓여 잘 지지 않는 마음속 때까지
모두 벗겨내야 한다는 세탁소 손 씨
그네들 옷 더러운 것만큼
두 팔에 강한 힘주며 열기熱氣를 들고 있다

어둠만으로 존재했던 페르세포네,
마른 풀잎의 말과 거짓의 둥지 지우고
때 묻고 지친 불 꺼야 한다
새벽, 절망의 붉은 심장에서 봉우리 터트리며
터져 나온 겹겹의 꽃잎이
바람 부는 광장 밑동 받치며 새로운 꿈 시작한다
거짓 보이도록, 어둠 지워지도록 거대한 횃불로 타오른다

* 그리스 신화의 제우스와 대지의 여신 데메테르 사이에서 난 딸.

138

김

진

2007년 『경남작가』로 등단.

촛불의 노래

이 겨울
도망치는 사람도 뒤쫓는 사람도 없었다

타버린 가슴을 부여잡은 채
천천히 걸음을 옮기며
잃어버린 주인을 찾는
노래를 부르는 사람들이 있었다

아프지 말자 다독거리며
촛불을 나눠 들고 앉아
여기 주인이 있다고
여기 우리가 있다고
노래를 불렀다

겨울은 아직 끝나지 않았는데
촛불의 노래로
버스에는 꽃이 피었다

그리고
겨울의 광장에는
잠들지 못한 돌고래가 촛불의 노래를 타고
너울거리며 춤을 추었다

김
진
문

1985년 등단.

꽃불

불이 꽃보다 아름답다.
꽃보다 불이 아름답다.
아니다, 모두 아름답다.
전국 방방곡곡
남녀노소
꽃불을 든 사람들
불꽃을 든 사람들

찬바람에도 흔들리지 않고
활짝 핀 꽃불마다
불꽃이 살아서 온다.
묵정 들판 태우면서
끝내 횃불로 활활 지펴 오른다.

김
진
수

2007년 『불교문예』로 등단.

비풍초똥팔삼

마을 경로당 십 원짜리 화투판
한주먹 꽃놀이패도 한번 막히기 시작하면
꼼짝없이 생짜를 내놔야 하는 것이 불문의 법칙이다.
선수들은 버리는 데도 질서가 있다.
비 풍 초 똥 팔 삼……
그 첫 번째가 끗발이 가장 높은 패다.
비, 그것은 아무리 큰 우산으로 가리고 덮어도
감당할 수가 없을 만큼 엄청난 폭우로 변하거나
부모형제 기둥뿌리까지 와장창 말아먹어버릴
대재앙의 피눈물이 될 수도 있기 때문이다.
먹을거리가 없다.
세상이 콱 막혔다.
바람이 분노하고 풀잎들이 요동치기 전에
얼른 내려놔라! 아니, 내려와라!
홍청구사 고도리 싹쓸이 판에
못 먹어도 고 고 고 아무리 움켜쥐고 내리쳐 봐도
앞뒤 볼 것 없는 그놈의 똥고집으론
영락없이 독박이다. 피바가지다.

김
창
규

1984년 『분단시대』로 등단. 시
집으로 『푸른 벌판』 『그대 진달
래꽃 가슴속 깊이 물들면』 『슬
픔을 감추고』 등이 있다.

사라진 7시간

꿈이었을까
그녀가 잠든 시간에
제주도 수학여행 떠난 학생들이
침몰하는 배에 갇혀 구조를 기다리고 있을 때
청와대는 무엇을 했을까
그녀는 어디로 갔을까
소문대로 지독한 중독 잠을 자고 있었던지
굿을 하러 나갔는지
알 수 없는 그 시간에
아이들은 숨을 쉬지 못하고 죽어갔다
살려달라고 울부짖는 아이들의 목소리가
들려온다
럭키한 시간이 흘렀다
전원 구조했다던 배는 침몰하였고
진도 팽목항 사람들이 달려갔을 때
구조는 하지 못했고
시신으로 돌아오는 학생들
이백오십 명의 꽃들이 물 위에 떠올랐다
슬픔은 함께 달려갔다
푸른 바다에 별빛이 내리는 밤
너울너울거리는 너의 얼굴을 보며
엄마는 울었다

사라진 7시간 그녀는 무엇을 했을까
백만 명의 촛불이 밝혀졌다
7시간의 최후가 드러나기 시작하는 광장
럭키한 그녀는 무슨 일이 일어나고 있는지
살려달라고 하는 소리는 하야하야
퇴진퇴진 울려 퍼졌지만 듣지 않았고
잠을 자기 위해 귀를 막았다
한 미친 여자의 부정부패를 눈감아 준
그녀가 본 신은 하느님이었나
부처님이었나
무당이었나
사라진 7시간 그녀는 행복했나
촛불의 바다 진실의 바다 위에
눈부신 팽목 바다 하늘의 아이들이
엄마 아빠를 부른다

김
채
운

2010년 『시에』로 등단. 시집으로 『활어』가 있다.

송박영신
— 2016년을 보내며

병신년이 떠나간다
우리는, 국정농단 초라한 대한민국 현실에 좌절하였다
우리는, 추잡스런 권력의 민낯에 분노하였다
그리하여 부서진 이 나라 민주주의 버팀목 세우기 위해
광장에서 너와 나 우리 하나 되었다
작은 외침들 모여 모여서 우렁찬 함성이 되고
작은 촛불 모여 모여서 꺼지지 않을 횃불이 되었다
어둠에 가려진 진실 밝히는 영롱한 별빛이 되었다

거짓은 거짓을 낳고 수치를 모르는 거짓은
차마 끔찍한 부정의 자식을 낳는다는 진리 외면한 그들,
단단한 줄인 줄 알고 바투 잡은 권력의 연줄이
튼튼한 포승줄 되어 자신들 옭아맬 줄 몰랐으리라

짓밟힌 민주주의 숭고한 얼 되찾기 위해
뜨겁게 가슴 벅차게 끌어안았던 우리,
우리들 참으로 애썼구나,
가열히 싸웠구나, 대한민국이여!

부패한 자리마다 썩은 싹들 깡그리 도려내어
지금 우리는, 정의의 새살 힘차게 돋울 때
지금 우리는, 원칙의 부목 단단히 세울 때

이제 우리는, 힘차게 촛불을 받쳐 들고
이 나라 신명나는 민주주의 새 희망을 노래 부르리라
병신년 떠나보낼지니, 부디 잘 가라

김
철
순

1995년 <지용신인문학상>으로 등단. 시집으로 『오래된 사과나무 아래서』 등이 있다.

백만 송이의 꽃

사람들은 바닷물을
광장으로 잡아당겼다
사람들이 끌어당긴 바다에서
거대한 파도가 일었다
거대한 권력을 파도가 휩쓸고 지나갔다

광장엔
백만 송이의 꽃이,
천만 송이의 꽃이 피어났다

김
해
자

1998년 『내일을여는작가』로 등
단. 시집으로 『무화과는 없다』
『축제』 『집에 가자』 등이 있다.

여기가 광화문이다

유모차도 오고 휠체어도 왔다.
퀵서비스도 느릿느릿 중설모도 왔다.
촛불을 들고 실업자도 잠시 실업을 잊고 왔다 누군가는 오늘도
굳게 닫힌 일터를 두드리다 왔고 누군가는 종일 서류더미에
묻혀 있다 오고
장사하다 오고 고기 잡다 오고 공부하다 오고 놀다 오고 콩
털다 오고 술 마시다 왔다.

우리가 이렇게 광장에 모인 것은 무엇 때문인가?
기울어가는 대한민국 호에서 가만히 있을 수 없기 때문이다.
가만있지 않겠다와 더 이상 가만두지 않겠다는 뼈저린 다짐이
다.
기울어가는 배에서 가만히 있으라는 불의한 명령을 응징하기
위해서다.
내가 든 촛불은 불의와 탐욕과 거짓이 일용할 양식인 자들에게
더 이상 우리의 주권을 맡기지 않겠다는 명예선언이다.
대한민국은 민주공화국, 국민이 곧 나라의 주인이므로.
어느 누구도 어느 누구보다 높지 않으므로.

우리가 가만히 있으면……
우리가 가만히 있으면 대통령은 하던 짓을 계속할 것이고
의원들은 그냥 팔짱을 낀 채 아무 법도 통과시키지 않을 것이다.

우리가 가만히 있으면 그들도 그 자리에 가만히 앉아 있을
것이고
가난한 사람은 더 가난해지고 부자들은 더 뻔뻔하게 빼앗아
갈 것이다.
가만히 있으면 '기억나지 않는다'와 '모른다'만 아는 파렴치
범들에게 면죄부를 줄 것이다.
가만히 있으면 그들은 앉은 자리에서 군대를 불러 국민에게
총구를 돌릴지도 모른다.

광장과 공용의 마당을 빼앗긴 민중에게 남은 것은 골방의
한숨과 눈물뿐,
우리는 잃어버린 우리 모두의 광장을 이 작은 촛불 한 자루로
탈환했다.
50만 100만 150만 200만 250만 점점 더 많은 촛불이 광장에
켜지고 있다.
빛이 사방을 덮어 그 빛이 세상 곳곳으로 퍼진다는 광화문光化門,
빛을 밝혀 좋은 방향으로 화해간다는, 여기가 바로 광화문이다.

촛불 들고 당산나무를 도는 산골과 밤을 밝히는 시장통과
대구 부산 광주 영월 보령 목포 흑산도 진도 거문도……
우리가 먹고 살고 사랑하고 만나고 모여 있는
지금 이곳이 바로 빛이고 광화문이다.

누가 대통령이어도……

지금 내 옆의 어느 누구도 저들처럼 무책임하고 무능하진 않을 것이다.

(아파트가 그렇게 남아돈다는데…… 집을 구하기가 그렇게 힘들다고 합니까?)

보통 사람인 국민 누구도 저들처럼 살아가는 어려움을 모르진 않을 것이다.

(다들 공부들을 많이 했다는데…… 일자리 구하기가 그렇게 힘들다고 합니까?)

대한민국 국민 누구도 저들처럼 몰상식하고 파렴치하진 못할 것이다.

이게 지도자입니까? 이게 땅에 발을 디딘 사람 맞습니까? 이게 나랍니까?

우리가 이렇게 모여 기다리는 것은 무엇인가?

우리가 애타게 기다리는 것은 상식으로 빚은 팔을 휘두르며 양심으로 걸어와 우리 옆에 앉는 보통 인간의 얼굴이다.

대통령 하나 갈아치우자고 우리는 여기에 모이지 않았다.

당도 대통령도 우리의 절대희망이 아니다.

우리가 정말 원하는 것은 대통령도 정당도 모른 채

즐겁게 밥 먹고 평화롭게 일하고 사랑하며 살아도 되는 세상이다.

좋은 세상이라면 왜 알아야 하는가,

공기처럼 바람처럼 빛처럼 생명을 주는 것들은 다 소리도
형체도 없지 않은가.

하지만 아직은 아니다.

있을 건 있어야 하고 없어야 할 것은 없애야 한다.

우리가 탄핵하는 것은 해방 후 내내 심판도 단죄도 받지 않은
거짓과 비리,

민주주의를 짓밟고 고문하고 죽이고도 출세와 이권을 챙긴
불의한 관료,

우리가 탄핵하는 것은 해방 후 내내 국민들의 고혈을 짜낸
탐욕스런 재벌,

아아 나스닥이여, 월가여, 연방은행이여,

저들은 머잖아 붙잡고 울 나라조차 팔아먹으리라.

연민과 분배와 정의가 얼어붙은 사이

농촌은 해체되고 청년들은 미래를 빼앗기고 노동자들의 삶은
망가졌다.

부와 권력이 세습되는 동안 가난과 공포와 불안과 빚도 대물
림되었다.

공부하고 노력하고 열심히 일해도 미래는커녕 오늘 하루를
기약할 수 없다.

이 모든 세습을 탄핵하라

　우리가 든 촛불은 새로운 주권의 역사를 여는 첫 장,
　이 촛불은 몽땅 쓸어서 가진 자들 아가리에 처넣은 얼굴 없는
귀신들에게
　더 이상 수저를 올리지 않겠다는 각성의 빛,
　이 촛농은 먹고사느라 나 몰라라 했던 통회의 눈물,
　힘없는 자에게 힘 있는 자 적이 되는
　이 모든 억압과 불평등을 불 싸지르기 위하여
　만인이 만인에게 적이 되고 분노가 되는 세상이 아니라,
　만인이 만인에게 친구가 되고 위안이 되는 세상을 위하여.

　한 사람이 촛불 밝혀 한 사람이 더 밝아지고,
　두 사람이 촛불 밝혀 두 사람이 더 따뜻해지고,
　천 사람 만 사람의 촛불로 우리 모두가 환해지도록.
　사람이, 사람으로서, 사람답게 살아갈 세상을 위해, 민주주의
만세!
　어느 누구도 어느 누구보다 낮지 않다, 민주주의여 만세!

김
형
효

1997년 등단. 시집으로 『사람
의 사막에서』『사막에서 사랑
을』 등이 있다.

촛불 타는 밤을 노래하네

촛불이 타오른다.
제 살을 타고 오르는 밝은 불을 보며
누가 희망을 외면할 수 있으랴.
나라를 팔아 우리들의 희망을 팔아 살던
순실의 대통령이었던 아니 아바타였던
철면피한 대통령을 물리치자고
오색 단풍을 태우고 불어오는 늦가을의 광장
그 차고 버거운 시린 바람 속에 선 어린 손들, 주름진 손들
손에, 손에 희망 하나 들고 서로의 징검다리가 되어
저마다의 가슴속에 품은 순결한 꿈을 태우며
서로의 어깨를 맞대고 절망하지 않기 위해 노래하네.
마음의 심지 하나 남은 것처럼 심혈을 모아 밝힌 촛불을 보며
절망하지 않기 위해 노래하네.
주름 잡힌 눈물과 경쾌한 분노가 우리를 살리고 있음을 보네.
아! 장한 우리의 얼굴들 촛불로 하나 되어 신명을 만드네.
아! 어찌하여 우리들의 슬픔, 우리들의 분노는 이리 아름다운
가?
방방골골 거리거리마다 타오르는 활화산 같은 촛불이 우리를
살게 하네.
오늘 우리가 만드는 절망하지 않기 위해 부르는 노래는 얼마
나 아름다운가?
우리들이 만드는 분노의 콘서트는 지금 모든 불법한 것들의

상징 청와대를 무너트리고

　우리들의 경쾌한 분노의 콘서트는 주름 잡힌 눈물을 삼키며
　새로 태어나는 아름다운 나라로 가는 길을 열고 있네.
　삼천리강산 아름다운 우리들의 가슴마다 촛불이 타오르네.
　절망을 태우고 희망을 살리며 활활 타오르네.
　우리들의 주름 잡힌 눈물, 경쾌한 분노는 이미 승리했네.
　아! 아름다운 촛불 든 그대들이 아름다운 나라로 가는 길을
내었다네.
　지상의 그 어떤 아름다움보다 더 아름다운 것이
　지금 그대들이 손에 든 촛불이라네.

김
홍
주

1989년 『시와비평』으로 등단.
시집으로 『시인의 바늘』『어머
니의 노래에는 도돌이표가 없
다』 등이 있다.

민낯, 촛불 물결

어두움 깊을수록
한 걸음씩 소리 없이 밀려드는
민낯의 발걸음

밤새 퉁퉁 붓도록 저린 다리 끌며
걸음 옮기는 터질 듯 뜨거운 가슴이여

불쏘시개가 필요 없이 바로 번지는
저 거대한 울림이여
촛불이 횃불이 되고
들불로 번지는
너무나도 인간적인 아름다운 불꽃이여

쓰러지지 않는 한 끝없이 몰려드는
이토록 거룩한 침묵

벽을 두껍게 쌓아 길 막아도
꽃을 던져 꽃 담장을 만들고
함께 노래하며 걷는 길

눈빛으로 촛불을 켜고
가슴으로 불 밝히며 걷는

외롭지 않는 강력한 울림
민주주의의 광시곡이여.

김
홍
춘

2013년 『시와시』로 등단. 시집
으로 『강』이 있다.

이웃집 촛불

홍어집 애순이가 날마다 울상이다
연신내 사거리 월세는 겁나 비싼데
두 테이블 팔고 하루 마감하면 난 뭐먹고 사냐고요
테레비 보면 광화문에 나가 있는 사람들
다 맞고요
나도 심간 편하면 애들 델꼬 나가고 싶다고요

애순이랑 해물찜 언니랑 일없이 푸성귀 다듬고 앉았는데
니미럴꺼 저러다가 언놈 대통령 되고 나도 맨 똑같구만
죽어나는 건 하루 벌어 먹고사는 우리들뿐이지
좌우당간 빨리 끝나야 먹고살 것 아니냐고
해물찜 언니 담배 연기에 온갖 구호가 떠다니는데

홍어집 애순이 한마디 하네
이왕지사 시끄러운 거
우리 좀 살게 엔간한 놈 됐으면 쓰겠소
뒤통수치는 놈 말고
눈뜨고 코 베어가는 놈 말고
뭐이가 좀 다를 것 같아서
찍어는 줬는데 맨 그 타령인 놈 말고
아유 더는 난 모르겠네
좀 배운 사람들이 잘하면 안 되나

내 새끼들 잘 키울라고 이 고생하는데
찍어주면 좀 잘하라 그래요

시간이 벌써 이래 됐네
시험기간이라 배고프다는 큰놈 햄버거
다 식었겠소

김
황
흠

2008년 『작가』로 등단. 시집으
로 『숫눈』이 있다.

촛불은 희망이다

차가운 어둠 속에 촛불을 밝히고
손 모아 기도하던 어머니의 간절함같이
매서운 추위도 아랑곳 않고 거리에서
촛불을 밝히며 외치던 간절함은
죽음보다 나을 희망을 잃지 않기 때문이다
부패한 시대, 과거 독재시대로 돌려놓은 시대
아이들 죽음을 지켜보기만 하였던 참담한 시대
이게 나라냐 절망하는 시대에
촛불 하나하나가 모여
칠흑의 밤을 밝힌다
아직은, 아직은 포기해선 안 되는 것이 있음을
절망을 넘어 새 시대로 가는 길
하나하나가 모여 길을 연다
서로서로가 겯고 만들어가는 길
우리 아이들 살아가야 할 길을
촛불로 밝힌다

김
희
정

2002년 <충청일보> 신춘문예
로 등단. 시집으로 『백년이 지
나도 소리는 여전하다』 『아고
라』 『아들아, 딸아 아빠는 말이
야』 등이 있다.

병신년丙申年 대한민국 사적死敵

박근혜 대통령이 헌법을 죽였다
헌법을 수호하고 지키라는
국민의 명령 부여받고
등 뒤에서 비수를 꽂았다
그대 이름은 사적 1호다

새누리당이 헌법을 죽였다
대통령을 만들고
집권 여당이 된 새누리당
국민 보고 정치하라고 했더니
국민은 간데없고 권력에 눈멀어
헌법을 죽이는 데 1등 공신이다
그대 이름은 사적 2호다

조중동이 헌법을 죽였다
국민을 통합하는 데 앞장서고
바른 보도는 언론의 기본이자 사명인데
헌신짝 팽개치듯 버린
수구언론 조중동
헌법을 죽이는 데 2등 공신이다
그대 이름은 사적 3호다

재벌들이 헌법을 죽였다
노블레스 오블리주는 실천하지 못할망정
정경유착은 필수고
권언유착은 교양인 재벌들
헌법을 죽이는 데 3등 공신이다
그대 이름은 사적 4호다

병신년,
대한민국 오욕의 역사에 새겨질 이름
박근혜, 새누리당, 조중동, 재벌들
똑똑히 보라
그대들이 저지른 악행이
반칙사회를 만들고
대한민국을 침몰시켰다

나
병
춘

1994년 『시와시학』으로 등단.
『새가 되는 연습』『하루』『어린
왕자의 기억들』 등이 있다.

촛불잔치

불꽃과 불꽃이 튕기며
밀물 썰물 파도소리
허공의 잠든 가로등을 깨우는
키 작은 촛불

그대 왼손 N극과
내 오른손 S극이 맞잡아
3만3천 볼트 고압선으로
하늘땅만큼 벅차오르는

이 세상에서 가장
쓸쓸하고 서러운
눈물방울 하나가 둘이 되고
열 서른 백 천 만이 되고
만파식적이 되어

그 눈부시게 푸르른 절정,
작은 종소리
하나하나로
차라리 부서지고 싶다

광화문 빛 물결

하야 하야 하야,
하얗게 지새우는
별. 별. 꽃. 칠흑
환희의 밤

나
종
영

1981년 <창비신작시집>으로
등단. 시집으로 『끝끝내 너는』
『나는 상처를 사랑했네』 등이
있다.

다시 촛불을 켜자

오늘은 내일을 기억하고 싶은 이름
허나 잘못된 어제는 나쁜 오늘이 된다
언제나 인간은 인간에게 악마였던 것
가끔 악마는 촛불 앞에 천사의 얼굴을 한다
다시 촛불을 켜자
악마는 골짜기에 똬리를 틀면
순식간에 희망을 삼켜버린다
지상의 가난한 방 한 칸의 행복과
기도하는 시간의 짧은 평화도
가면을 쓴 악마는 법과 집행의 이름으로 앗아가 버린다
배고픔에 허겁지겁 밥숟갈을 뜨는 동안
달콤한 순간의 유혹에 입술을 적시는 동안
악마의 발톱은 언제나 천사의 날개 밑에 숨어있다
내일은 오늘에게 질문하는 시간
그러나 비겁한 오늘은 사악한 내일이 된다
절벽에 어둠이 오면 새벽을 부르자
우리 살아있는 자의 생명으로
다시 촛불을 켜자
당당히 촛불을 들자.

나
해
철

1982년 <동아일보> 신춘문에
로 등단. 시집으로 『무등에 올
라』『동해일기』『긴사랑』『아
름다운 손』『꽃길 삼만리』『위
로』『영원한 죄 영원한 슬픔』
등이 있다.

백만 촛불

아가야
네가 자라
진정 행복하다고 느낄 때면
백만 송이 촛불을 생각해다오

친구들과
극한 경쟁하기보다는 서로 협동할 때
줄 세우기 교육 앞에
피어 있었던 불꽃을

작은 위험 요소도
미리미리 없애고 대비하는
안전한 사회생활을 할 때
무능한 국가 안전 관리 앞에
켜 있었던 불꽃을

대통령이
자전거를 타고서 거리를 지나고
혼자서 시장을 볼 때
권위주의 탈법 권력 앞에
타올랐던 불꽃을

정치인과 관료들이 존경받고
지도층 인사들이
정직하게 솔선수범할 때
그런 자들의 불법과 무능과
부정직 앞에
끝까지 지지 않고 서 있었던
불꽃을

아가야
네가 자라
살아갈 이 나라를 위해
일렁이며 솟구쳐 올랐던
백만 송이 촛불을 기억해다오

광화문 광장과
세월호 광장에
세종로와 종로 위에
전국의 광장과 길 위에

비상식과 범법으로
깊이 병든
청와대 앞에

캄캄한 정부청사와 국회 앞에
헌법재판소 앞에

어둠을 이기며
횃불처럼 불타올랐던
할아버지 할머니
엄마 아빠
언니 오빠들의
가슴속
백만 송이 불꽃을 상기해다오

나
희
덕

1989년 <중앙일보> 신춘문예
로 등단. 시집으로 『뿌리에게』
『그 말이 잎을 물들였다』『그곳
이 멀지 않다』『어두워진다는
것』『사라진 손바닥』『야생사
과』『말들이 돌아오는 시간』 등
이 있다.

문턱 저편의 말

문턱을 넘지 못한 사람들이 있다
아직 돌아오지 못한 사람들이 있다

2015년 1월 27일, 열아홉 살의 증인들이 법정에 앉아 있다

광주고등법원 법정 201호
해경 123정 정장 김경일 업무상과실치사상 재판

─증인은 당시 상황을 자세하게 말해주십시오.

증인 A 아침 여덟시 오십칠……갑자기 배가……자판기와
         소파……쏟아지……복도 쪽으로……캐비닛……
         구명조끼를 꺼내……친구들은……기다리고……
         문자를 보내고……가만히 있어……우현 갑판
         쪽……커튼을 찢어……루프……여학생들……물
         이……바닷물이……탈출……아홉 시 오십 분……
         갑판 위로……헬기……해경……아무도……아무
         도……

증인 A 저……저, 저는……3층 안내데스크 근처……배가
         기우는……미끄러져……벽에 부딪쳤……피가……
         매점에서……화상을 입은……좌현 갑판……비상

구······열려 있었······승무원들······우리······대기하
라고만······비상구······친구 셋이······끝내······아
홉 시 사십······물이······차올랐고······잠수를······4
층 갑판 쪽으로······헬기 소리가······탈출 후에
야······해경······와 있다는 걸······

—증인은 마지막으로 할 말이 더 있습니까?

증인 B   할 말······말이 있지만······그만······그래도······할
         말이······해야 할 말이······정신없이······살아나오
         긴 했지만······우리 반에서······저 말고는······아무
         도······구조되지 못했······친구들도······살 수 있었
         을······아무도······저 말고는 아무도······

간신히 벌린 입술 사이로 빠져나온 말들이 있다
아직 빠져나오지 못한 말들이 있다

손가락 사이로 힘없이 흘러내리는 말. 모래 한 줌의 말. 허끝에
서 맴돌다 삼켜지는 말. 귓속에서 웅웅거리다 사라지는 말. 먹먹
한 물속의 말. 해초와 물고기들의 말. 앞이 보이지 않는 말. 암초
에 부딪치는 순간 산산조각이 난 말. 깨진 유리창의 말. 찢겨진
커튼의 말. 모음과 자음이 뒤엉켜버린 말. 발음하는 데 아주

오래 걸리는 말. 더듬거리는 혀의 말. 기억을 품은 채 물의 창고에
서 썩어가는 말. 고름이 나오는 말. 헬리콥터 날개소리 같은
말. 켜켜이 잘려나가는 말. 잘린 손과 발이 내지르는 말. 아직
핏기가 가시지 않은 말. 시퍼렇게 멍든 말. 눌린 가슴 위에 다시
내리치는 말. 땅. 땅. 땅. 망치의 말. 뼛속 깊이 얼음이 박힌 말.
온몸에 흐르는 전류에 감전된 말. 화상 입은 말. 타다 남은 말.
재의 말.

그래도 문은 열어두어야 한다
입은 열어두어야 한다
아이들이 들어올 수 있도록 돌아올 수 있도록

바다 저 깊은 곳의 소리가 들릴 때까지
말의 문턱을 넘을 때까지

남
효
선

1989년 『문학사상』으로 등단.
시집으로 『둘게삼』 등이 있다.

야들아 촛불소풍 가자

야들아 목도리 챙기고 장갑도 챙기고
솔이네 엄마는 분주한 손길로 김밥을 말고
따뜻한 유자차도 챙겼습니다.

오늘 솔이네는 이웃집 민이네와
광화문 광장으로 소풍을 갑니다.

소풍은 솔이 엄마 제안으로 이뤄졌습니다.
솔이는 학교 가는 길에 늘 만나던
민이와 광화문에 함께 가는 것이
신났습니다.

광화문에 도착한 솔이와 민이는 눈이 휘둥그레졌습니다.
수많은 촛불이 광화문을 뒤덮고 있었기 때문입니다.
흡사 촛불바다 같았습니다.

솔이와 민이는 촛불이 달린 머리띠를 둘렀습니다.
머리에 촛불이 환하게 밝혀집니다.
솔이와 민이는 서로를 쳐다보며
활짝 웃습니다.

촛불이 파도처럼 출렁이는 것이 신났습니다.

자신도 함께 출렁이는 것 같았습니다.

광화문을 걸어 청와대를 향해 함께 걸어가며
촛불을 든 또래의 아이들을 만났습니다.

또래 아이들은 '이게 나라냐'는 팻말을
흔들며 제법 비장한 모습으로
부모와 함께 행진을 하고 있었습니다.

촛불이 '와' 함성을 지르며
파도처럼 밀려 왔습니다.

함께 걷고 있는 민이의 얼굴도
빨갛게 상기돼 있습니다.

엄마아빠와 함께 광화문 대로를 함께 걸어보기는
이번이 처음입니다.

광화문 이순신 장군 동상 옆에서
솔이네와 민이네는
촛불을 밝혀 놓고
준비해온 김밥과 초밥을 나눠 먹었습니다.

생일잔치 같았습니다.

"우리 아이들에게 정의로운 나라를 물려줘야 합니다"

광장에 마련된 무대에서
어떤 아줌마가 마이크를 쥐고 큰 소리로 외쳤습니다.
자기 또래의 남자아이가 무대로 올라왔습니다
"자기도 6학년이 되면서 무얼 할까 생각하며 살겠다고 결심했
는데 대통령도 생각 좀 하고 살아갔으면 좋겠다"고 큰 소리로
말했습니다.

처음에는 웃음이 나왔는데 가만히 생각해 보니
'생각하면서 산다'는 게 매우 소중하다는 생각이 들었습니다

민이가 가만히 손을 내밀어
솔이 손을 잡았습니다.
민이 손바닥에 향긋한 땀 냄새가 났습니다.

민이 눈망울에 촛불이 활활 타고 있었습니다
눈망울 속 촛불이 예뻤습니다.

솔이네와 민이네는 밤늦도록 광화문에서 대한문에서 청와대

를 향해
촛불을 밝혔습니다.

집으로 돌아오는 길에 민이네와 함께 먹은
종로2가 길거리 포장마차 어묵 맛은
정말 맛있었습니다.
따뜻한 어묵국물을 마시자
두 손에 불끈 힘이 솟았습니다.

동
길
산

1989년 『지평』으로 등단. 시집
으로 『무화과 한 그루』 『뻐꾸기
트럭』 등이 있다.

행진

고층 아파트 베란다에서
촛불 대신 스마트폰을 흔든다
행렬은 촛불을 높이 들어 화답한다
천상의 촛불과
지상의 촛불이
연못에 던진 돌처럼
역사의 밤에 일으키는 파장
파장이 퍼지는 힘으로 행진은 나아가고
밤은 새날로 나아간다
지금 이 촛불 아니면
우리가 언제 팔차선 도로 절반을 걸어 보랴
낯선 이와 낯설지 않게 같은 길을 걸어 보랴
역사의 밤에 파장의 힘으로 나아가는
천상의 촛불
지상의 촛불

마른 뼈들의 춤사위
―2016년 광화문 광장에서

류
명

2000년 『작가들』로 등단.

이보시게 이 뼈들이 능히 살 수 있겠는가*
마른 뼈들이 생기 찾고 숨을 쉴 수 있겠는가 말일세
부서진 뼈 딱딱 들어맞아 골격으로 연결되고
힘줄 솟고 살 오르고 온기의 가죽 덮여
잉걸불로 살아날 수 있겠는가 묻는 것이라네

보시게나, 여기 믿지 못할 이 광경을 보시게나
죽음 딛고 일어나 심지 되고 빛이 되고 서로를 불사름을
삐걱삐걱 들썩이며 떼창으로 노래하며
하나가 둘이 되고 둘이 하나 됨을 눈을 씻고 보시게나
천둥소리 바람소리 토해냄을 들어보시게나

죽을 수 없는 것은 죽을 수 없는 걸세
죽을 수 없는 것은 죽일 수 없는 걸세
하늘 뜻 민주주의, 정의 공의…… 자유…… 이런 것들
와서 보시게나, 땅끝에서 땅끝까지
천년 꺼지지 않을 불의 춤사위…… 두 눈으로 보시게나

* 구약성서 예스겔 37:3 인용

마
선
숙

2013년 『시와문화』로 등단.

광장에서

광장 수은주 영하여도
이순신 장군 발 따스하고
검게 얼룩진 밀실 일곱 시간
304영혼 얼어붙게 할 수 없다

헐값 벼로 거리에 나앉은 농민은
트랙터에 한숨 감추고
사람답게 살고 싶다는 샐러리맨은
맥없이 울분을 토한다
일자리 없어 백수인 청년은
정처 없이 떠돌며 실의에 차 있고
단정한 교복 속 학생은
부모덕에 대학가는 가짜들에 좌절한다
이세를 꿈꾸지만 방 한 칸 없이 쫓기는 연인은
공정한 사회를 그리며 속앓이하고
희망등이 업고 먼 길 걸어온 주부는
차벽에 꽃 스티커 붙이며 미래 세상 꿈꾼다

불의에 저항해 하나 된 사람들
촛불로 온몸 불사르며 새벽을 손짓한다

검은 혀들은

그 혀가 자기 삼킬지 몰랐나

미친 코뿔소 등에 탄 결핍과 몰염치들
촛농 되어 녹자
꽃무늬 벽지 된 차벽이
한 뼘 두 뼘 물러나 길을 비춘다

제도권 눈길 받아본 적 없는 큰길의 국민들
찬 땅바닥에서 어둠 호호 불며 떨었지만
조용히 신성하다

맹
문
재

1991년 『문학정신』으로 등단.
시집으로 『먼 길을 움직인다』
『물고기에게 배우다』 『책이 무
거운 이유』 『사과를 내밀다』 『기
른 어린 양들』 등이 있다.

촛불광장에서

나는 이분법을 두려워하지 않고
촛불을 선택했다

갈 수 있는 데까지 가겠다는 의지를
전략으로 구축했다

혁명 같은 촛불의 어깨를
겨울바람이라고 누를 수 있겠는가

동행만이 광장의 역사라고
촛불이 나의 손을 잡는다

우리에게 패배는 없으리라

나는 탱자나무처럼 무장하고
눈 내리는 전선을 응시한다

바위의 얼굴로 전진하리라
저 견고한 진지를 뚫으리라

문
창
갑

1989년 『문학정신』으로 등단.
시집으로 『코뿔소』 『빈집 하나
등에 지고』 『깊은 밤 홀로 깨어』
등이 있다.

풀들

풀들은 연약하다고?
천만에!

나 어제도 보았네

보도블록 사이사이 갓난아기 손톱만 한 틈새에서도
보란 듯이 꽃을 피운 풀들
누군가의 구둣발에 짓밟혀도
요까짓 거 뭐 툭툭 털고 일어서는 풀들
씩씩하게 세상과 맞서는 풀들

나 오늘도 보네

그날, 백두대간 뒤흔드는 핏빛 함성 속에서
분연히 서슬 푸른 칼이 되어 분노하던 풀들
시인 김수영이 글썽글썽 가슴에 품던 풀들
고개 숙이고, 눈치 보며 먼 길 걸어온 나를
참 많이 부끄럽게 하는 이 땅의 풀들

병신년 촛불혁명

문
창
길

1984년 『두레시』로 등단. 시집
으로 『철길이 희망하는 것은』
등이 있다.

한말 동학횃불을 기억하니라
치욕의 일제 식민시절 백의민족은 3·1만세를 불렀니라
만해는 차가운 구들방에서도 뜨겁게 독립을 외쳤니라
불온한 위정자들 물러나라, 검정교복의 학도들
4·19혁명광장에서 불거진 힘줄 팽팽한 팔뚝을 흔들었니라
5·18광주 학살의 거리에서 분노한 민중들은
민주주의의 역사를 피로 썼니라
6·10민주항쟁은 독재 타도 호헌 철폐를 외치며
말로는 다할 수 없는 함성 그 자체로 일어섰니라
그저 우리는 하얀 옷에 푸른 청청한 민족
거친 묏바람에도 무명옷고름 다잡으며
나라의 역사를 지켜왔니라

그러나 21세기 2016년 병신년
어둠의 화신 박근혜 최순실
다시 한 번 순결한 인민을 속이고
주술정부를 세운 백주대낮의 주적들로
오천년 백의민족의 존엄이 무너졌다
무너진 상처로 분노처럼 일어난 촛불들
세종광장에서, 광화문 어귀에서,
청운동 골목길에서 또는
이 나라의 모든 앞마당에서

아니 밝힐 수 있겠는가

가녀린 손목으로 촛불을 움켜쥔 저 카랑한
여학생의 함성을 우리는 듣고 있네
거친 아빠의 손아귀를 굳게 부여잡고 따라온
저 초등학생의 바람찬 볼따구니를
뜨거운 촛불바람이 발그레 달구고 있네
추울세라 젖병을 품에 안고
유모차와 함께 달려온 가시골 유아맘
광화문 사거리 한가운데서
붉은 피켓 박근혜 탄핵, 박근혜 하야
웃음 차게 흔들고 있네

이렇게 우리는 수백만 촛불과 한 몸이 된 사람들
주권자의 권리를 주권자의 존엄을 찾고 있네
역사상 최고의 해방세상과
평등사회를 꿈꾸는 민주주의의
정점을 치닫고 있는 나라의 어진 사람들
광장의 촛불은 그냥 촛불이 아니네
수구보수 집단이 흔드는 찢어진 태극기보다
더 아름다운 더 숭고한 그래서
더 서정적으로 승화된 동학의 횃불이네

그저 불의 함성이네
평화의 불꽃이네

문
철
수

2005년 등단. 시집으로 『부드
러운 과녁에 꽂힌 화살은 떨지
않는다』, 『구름의 습관』 등이 있
다.

경고

이미 절망이란 장식품을 상실한 지 오래
이미 희망이란 전리품을 빼앗긴 시 오래
부나비처럼 또 다른 등불을 찾아 헤매며
양심인 양 투사인 양 나대는 것들도 함께
가로등 꺼진 큰 길 그나마 촛불을 든다

정의는 붉은 인장으로 온통 채색되었고
부패는 푸른 진실로 위장되었던 시간들이
깨어나고 있다. 그러나 진정 깨어나고 있는가
변장한 독재의 유령에게 희롱당한 그대여
권력이라는 속살을 쉽게 볼 수 있을까

그대 주머니에 들어있는 현금보다 맛난
그것을 그들이 쉽게 내어줄 거라 기대 마라
민중의 편인 양 대변자인 양 기생한 자들과
권력의 그늘에는 친일의 뿌리이며 군부의
줄기와 그 잔당의 잎들 아직 무성하다

양심을 떠나 계산기를 두드리는 자들
부나비들의 선동에 박수치지 마라
웃자란 가지들 전지한다고 흥분하지 마라
대지 위에 뿌리째 뽑아 올려야 한다

민중이라는 거대한 빛으로 바싹 말려야 한다

박
관
서

1996년 『삶사회그리고문학』으로 등단. 시집으로 『철도원 일기』 『기차 아래 사랑법』 등이 있다.

그녀를 만나는 시간

촛불이 그녀를 길어 올렸다. 촛불에 비친 그녀의 나신은 매끈했다. 머리에서 골반 근처까지 꽃에 맞아 승천하신 아비와 어미가 그녀에게 남겨준 아홉 구멍마다 피어오르는 꽃향내들이 낭자하였다. 언젠가 꽃에 맞아 승천할 일 없는 옆집, 아비가

그랬었다. 화려한 건 독버섯이라고, 혀를 대이거나 머리칼이 빠지거나 눈알이 돌아간다고, 조심해야 한다고 그랬었다. 역시 꽃에 맞아 승천할 일 전혀 없을 그 집 어미도 말했었다. 먹을 때 먹고 잘 때 자고 쌀 때 싸면 잘사는 거라고, 하지만 그러거나 말거나, 남들 못 가진 아파트와 청와궁을 가진 그녀를 사모하는 우리들의 아비와 어미와 나와 동생과 친구와 선배들은, 다만

아홉 구멍 가득히 촛불을 켜들고 간다. 우리들도 꽃에 맞아 승천하게 해달라고, 나눠주지 않으니 빼앗는다고, 꼬인 혀로 머리칼을 쥐어뜯으며 눈알을 돌리는 촛불을 앞세워, 탈의 안쪽에서 인자하게 웃고 있는, 사모하고 사랑하는 재벌 왕자와 아메리카 사장님들의 간택을 받아, 어설픈 이등들을 찍어 누르며 대학을 가고 취직을 하고 돈을 벌어 힘을 잡아 승용차 폼 나게, 골프채 휘둘러

그녀의 아홉 구멍에 나이스 샷으로 꽂아 넣기를, 아흐~ 그리하여 그녀와 같이, 그녀를 따라, 그녀와 한 몸이 되어 아홉 구멍

마다 피어오르는 진한 꽃향기를 맡으며 원형극장에 앉아, 끝없이 싸우면서 돌아가는 몸뚱이 기계들을 느긋이 바라보는, 이미 그녀가 된 노후를 따 놓은 당상인 우리들은, 오늘도

촛불을 켜들고 간다. 그녀에게로 간다. 꽃에 맞아 승천하신 그녀의 아비와 어미가 남겨준 아홉 구멍에서 나온 법전을 품에 보듬고, 아홉 구멍을 불편하게 하는 불온한 혁명 따위는 마음과 마음으로 지우며 간다. 바람이 불어도 꺼지지, 않는

촛불을 켜들고 시, 민, 혁, 명! 시, 민, 혁, 명! 함께 노래하다 보면 때로는 시, 민, 만 남고 혁명은 혁, 명! 이 되기도 하는 구호를, 꽃에 맞아 승천하신 그녀의 아비와 어미가 남겨준 아홉 구멍으로 아홉에 아홉 번씩 더하여 외치며 간다. 꼬인 혀로 머리 칼을 쥐어뜯으며 눈알을 돌리며, 간다.

박
구
경

1996년 등단. 시집으로 『진료
소가 있는 풍경』 『기차가 들어
왔으면 좋겠다』 등이 있다.

피노키오, 각하는 죽었다

무지는 지식보다 더 확신을 가지게 한다
—찰스 다윈

살아 살지 않고 죽어 죽지 못한

죄의 짐을 지고도 그는 알지 못한다

자기를 끊임없이 수정 개조하듯

역사수정주의자다

화관의 무리 속 꼭두각시놀음에 도끼 자루는 썩었고

피보다 진한 물속에서 허우적거리는

그대에게 구명대란 없다

각하 가만 있어랏!

나라 살림은 제쳐두고 지금껏 한 것이라곤

하나부터 열까지

거짓과 변명

어눌한 웅석

......

높은 단 위에 올라서는 것은, 두루 살피고

멀리보라는 뜻

제 앞가림도 못한 어릿광대 내려올 줄도 몰라

경악을 금치 못하는 작금에,

시인님들!

"不憂國非詩也"*

* 정다산 선생이 강진 유배지에서 고향의 두 아들에게 보낸 편지글을 빌려옴.

박
근
태

1987년 『전환기의민족문학』으
로 등단.

어서 어서, 오셔요

보셔요. 귀 기울여 보세요. 님이 오는 소리 언덕을 넘는 소리. 님의 걸음이 바삐 숨 몰아치는 소리. 치솟는 땀방울 이슬방울마다, 언제 터져 나올지 모르는 꽃들의 두근거리는 소리 맥박소리 가슴마다 불꽃 일렁이는 물결소리

보셔요 들어 보셔요. 산 굽이굽이 휘돌아 감아 성난 바위로 함성으로 고막을 찢는 역사의 쇠북소리 징소리. 가로막아 일파만파 깨어져 부서져 자갈로 모래알로, 가자 가자 단 한 번도 멈춘 적 없는 어기찬 땅의 걸음 땀의 노래

그래요. 우리 이대로 잠들 수 없어요. 식은땀이라도 흘려야 되요 몸부림치다 치다 창살을 쥐고 화들짝 깨어나 머리맡 찬물한 사발이라도 벌컥벌컥 들이켜야지요 심지 굳은 촛불 하나 밝혀야지요

보셔요. 벌써 새벽의 출렁이는 눈빛이 문틈을 헤집고 들어오잖아요. 홰치는 소리 들리잖아요. 어서 자리 박차고 나오시래요. 거시기 머시기 가릴 것 없이 그대로 허리띠 푼 채, 불덩이 하나로 달려보자 하네요. 양달 진 숲으로 달리자네요. 온 누리 횃불로 만나자네요

목젖이 떨리도록 깊은 샘물 주시려나 봐요. 태백 신단수 하늘

아래 한 몸, 등가죽 다 벗겨져도 괜찮을, 튼튼한 씨 하나 받으려나
보아요. 아무래도 산천이 떠나가겠어요. 귀를 막아야겠어요. 님
이 왔어요. 아, 님이, 님이 달려오네요. 백두대간으로 부르네요
백만 이백만 천만 광장으로 부르네요. 활활 촛불이 타오르네요
새날이 오고야 마네요

박
금
란

2013년 <정선아리랑문학상>
으로 등단.

11월 12일 민중총궐기

─진격하자 청와대로

우리 알았다
미국의 비호를 받으며
부정선거를 했던 청와대가
민족의 밑천 애국의 양심을
제멋대로 짓눌러온
온 세상은 경제파탄 정치파탄 법파탄
법을 주물러왔던 검찰이
한상균 민주노총위원장을
8년이나 구형을 때렸던
박근혜의 지휘를 받는 하수인 검찰이
최순실 박근혜를 비호하고 있다

우리 40만이 모였다
100만 대군을 이끌고
청와대로 진격해야 한다
그들은 미국을 쌈짓돈처럼 믿으며
어찌하면 살아남을까 하면서
우리들을 지금도 탄압한다
오늘도 멀쩡한 대낮에
투쟁사업장 노동자가 몸자보를 입고
박근혜 정권 퇴진 기자회견장에 간다고
동양시멘트 최창수 세종호텔 고진수

아사히 차헌호 지회장 전영주
4명의 동지를 폭력적으로 잡아갔다
그들은 우리의 투쟁을 아직도
얕잡아 보고 있다
그들이 신처럼 믿는 미국이 있으니까

명줄은 살아남을 것 같다고
박근혜는 국회의사당에
레드카펫을 깔았다
얼마나 건방지냐
야당도 박근혜 편이냐

민심의 분노를 깔아뭉개며
갈 데까지 간 그들은
경제파탄 정치파탄 반통일에 내몰린
노동자 농민 민중의 아우성을 짓누르며
살 길을 또 찾으려 한다

우리 멈칫해선 안 된다
역사는 피의 투쟁
우리 갈 길은 박근혜를 구속시키고
혁명의 길을 빠르게 걸어

결국 미국을 몰아내야 한다
단맛이 빠지면 뱉어내는
세계 식민지를 거느리면서
지탱해 왔던 미국은
좀부스러기 되어 패망하고 있다
우리의 조국이 언제까지
제국주의 먹이가 되어야 하겠는가

우리 싸우려고 했고 싸워나가야 하고
힘 모아
박근혜를 구속시키고 새누리당 해체하고
친미사대주의 매국의 숙주를 가지고 있는
정치인을 가려내어
제국주의의 바튼 숨 끊어내어야 한다

박근혜 제2의 박근혜를 미국은 조작하여
우리 민족을 노리며
장엄한 민주 자주 민족통일의 발걸음을
간교하게 미제의 식으로
우리를 또 움켜잡으려 한다

우리 투쟁에 나섰다면

청와대를 접수해야 하지 않겠는가
자주의 나라를 세워야 한다
이것이 민심이다

박
남
준

증거하는 별

1984년 『시인』으로 등단. 시집
으로 『중독자』 『그 아저씨네 간
이 휴게실 아래』 『적막』 『다만
흘러가는 것들을 듣는다』 『그
숲에 새를 묻지 못한 사람이 있
다』 등이 있다.

도대체 기가 막히고
다른 도리 없는 것은 아니었으나
세상에 가장 작은 불꽃을 들었네
들어 본 이는 알 것이야
작은 한숨에도 흔들리며
더 작은 바람에도 꺼지는 불을
꺼지면 다시 켜들고
켜든 꽃들 왼쪽과 오른쪽
앞과 뒤로 나눠주는
얼마나 큰가 광장을 이루는 불꽃들은
놀라워라 사람들의 가슴마다에 별이 뜨다니
찬란하다
눈물이 너무 뜨거워서 나는 노래하네
위대하다 별들의 반짝이는 평화는
시대의 살아있는 몸과 정신을 증거하며
모든 거짓을 밝히는
우리들의 촛불은

박
남
희

1997년 <서울신문> 신춘문예
로 등단. 시집으로 『폐차장 근
처』 『이불 속의 쥐』 『고장 난
아침』 등이 있다.

광화문

어떤 시인은
"광화문을 차라리 한 채의 소슬한 종교"라고
"조선 사람은 흔히 그 머리로부터 왼 몸에 사무쳐 오는 빛을
마침내 버선코에서까지도 떠받들어야 할 마련"이라고 노래
했다지만

내 손의 촛불은 영문도 모른 채 어둠을 떠받들고 있다가
어둠이 숨기고 있던 것들의 엄청난 규모에 놀라
바람에 꺼질 듯 자지러진다

광화문에 백만 촛불이 모였다
내 주위로 촛불이 흐른다 소리친다

어둠은 그만 하야하라고,

하지만 어둠은 더욱 견고해지고
촛불이 흘리는 눈물만 속절없이
뚝뚝,
하야한다

눈물은
세종대왕과 이순신 장군 동상을 지나

전광판 속 전인권의 검은 선글라스를 지나
쉽게 녹는 희망을 움켜쥔 손등을 지나
겨레의 무릎 위로 뜨겁게 하야한다

광화문은 차라리 한 채의 소슬한 샤머니즘

광화문 근처 자정 그 어디쯤에서
목이 쉰 촛불이 바람에 스치운다

박
노
해

1983년 『시와경제』로 등단. 시
집으로 『노동의 새벽』 『참된 시
작』 『그러니 그대 사라지지 말
아라』 등이 있다.

태양만 떠오르면 우리는 살아갈 테니

겨울이 오고 또 어둠이 와도
태양만 떠오르면 우리는 살아간다
대지에 씨 뿌리면 우리는 살아간다

갈수록 세계가 위험해진다 해도
갈수록 사회가 나빠져 간다 해도
그래도 우리는 여기까지 살아왔으니

먼 데서 바람이 바뀌어 불고
조용한 시간 미래가 걸어오는 소리
촛불을 든 희망 하나 걸어오는 소리

선하고 의로운 이는 아직 죽지 않았고
나하나 시작하면 무언가 살아나고
이렇게 우리 사랑은 끝이 없으니

그러니 용기를 내자
겨울이 오고 또 어둠이 와도
언 손 맞잡고 봄을 부르자

태양만 떠오르면 우리는 살아갈 테니

박
두
규

1985년 『남민시』로 등단. 시집
으로 『사과꽃 편지』 『당몰샘』
『숲에 들다』 『두텁나루 숲, 그
대』 등이 있다.

우리가 꿈꾸는 나라

2016년, 한 해가 간다.
미꾸라지 한 마리에 흙탕물이 된 나라
국정농단의 싸구려 나라에 한 해가 저문다.
내가 밝힌 촛불이 오천만 광장의 촛불이 되고
나의 사랑이 너의 사랑으로 물결을 이루어
위대하고 장엄했던 촛불의 2016년 혁명의 한 해가 간다.
진정한 혁명이란 이런 거라며
2016년 역사의 눈부신 한 페이지가 넘어간다.

무엇을 사랑한다는 것이 이런 것일까.
아이들과 단란했던 토요일 가족밥상도 밀쳐놓고
매주 광화문 원정 집회에 다니는 이런 것이.
크레인에 올라 홀로 309일의 고공농성을 하고
늙은 몸으로 물대포에 죽음으로 맞서고
자정을 넘겨 돌아오는 탄핵버스 속의 지친 몸들.
아, 무엇을 사랑한다는 것은 정녕 이런 것인가.
단독주택 지하방에서 죽어가면서도
죄송하다, 죄송하다고 편지를 쓴 세 모녀의 죽음과
배가 침몰하는 7시간 동안 아무런 구조도 없이
엄마, 아빠를 목 놓아 부르며 죽어간 아이들
아, 이 시대의 사랑은, 왜 이렇게 피눈물 나는 것인가.
사랑은 왜, 어머니의 품처럼 따뜻한 것이 되지, 못하는 것인가.

회한과 분노에 젖은, 2016년 한 해가 간다.

오천만의 함성을 외면한 철면피,
304명의 죽음을 방임한 살인자 박근혜
그와 한 몸통이 된 최순실이, 독일과 스위스 등,
해외에 숨겨두었다는 10조 원은 누구의 돈인가.
그건 재벌들에게 뜯어낸 돈이 아니고
월세 보증금이 없어서 울던 갑남을녀의 돈이다.
밤늦도록 일하다 손가락이 잘린 비정규직의 돈이고
먹고 죽을 돈도 없다는 바로 그 피눈물 나는 돈이다.
돈이 실력이고 권력이 능력이라고 말하던 그들의 돈이 아니고
실력과 능력이 있어도 일할 수 없는 청년실업자와
이 추운 겨울, 거리에 나온 촛불 국민들의 돈이다.
아, 회한과 분노로 얼룩진 2016년 한 해가 이렇게 간다.

하지만 이제 몇 시간만 지나면
이 회한과 분노를 쓸어갈 2017년이 올 것이다.
우리가 꿈꾸는 나라가 세워지는 혁명의 새해가 올 것이다.
서로가 서로에게 사랑이 되었던 광장의 촛불들
이 촛불들이 만들어낸 혁명의 새 나라가 올 것이다.
그 나라는 나 혼자만 잘 살면 된다는 나라가 아니고
우리 가족만 잘 살면 괜찮다는 나라가 아니고

우리 지역만 발전하면 된다는 나라가 아니고
우리나라만 잘 살면 된다는 그런 나라가 아니다.

너와 내가 하나인 나라
좌와 우가 합작하는 나라
보수와 진보가 연정을 하는 나라
남과 북이 서로 감싸주고 세계가 하나가 되는
그런 혁명의 나라다.
돈과 권력의 폭력에 무릎 꿇지 않고
모두가 일어서 그 폭력에 맞서는 나라
학자금 빚의 알바생이 먹는 삼각 김밥과
개성공단 입주기업의 도산과
지하철 스크린도어를 관리하던 비정규직의 비명 소리와
맹골수도에 수장된 304명의 어린 죽음을
끝내 잊지 않고 기억하는 나라
그 기억이 헌법이 되고, 그 기억이 한 표가 되는 나라
그 기억이 국가가 되고, 그 기억이 대통령을 만드는 나라
이런 나라가 2017년 우리가 꿈꾸는 나라다.
몇 시간 후면 오게 될 2017년 혁명의 새해에는
우리가 꿈꾸는 이런 나라가 올 것이다.
나의 사랑이 너의 사랑이 되고
너의 사랑이 우리의 사랑이 되는 나라

자유와 정의의 나라, 평등과 평화의 나라
그런 나라가 올 것이다.
언제나 촛불이 켜져 있는 나라,
언제나 촛불을 들고 광장에 모일 수 있는 나라
그런 나라가 올 것이다.

박
몽
구

1977년 『대화』로 등단. 시집으
로 『개리 카를 들으며』『봉긋하
게 부푼 빵』『수종사 무료찻집』
『칼국수 이어폰』 등이 있다.

그녀를 만나기 100미터 전

노란 은행잎들 차렵이불처럼 깔려 있는
효자동 야트막한 삼거리
100미터만 걸어가면 그 집 앞일 텐데
물샐틈없이 쳐진 차벽에 가로막혀
더 이상 한 발짝도 나갈 수 없다
끊어진 길을 다시 잇기 위해
사람들은 줄다리기를 하듯
어깨에 어깨를 걸어 밀어 보지만
썩은 충치처럼 박힌 바퀴들
완강하게 꿈쩍도 하지 않는다

진정하게 무서운 적은 제 안에 숨어 있다던가
외치다 쉰 목소리며 사물놀이 꽹과리소리 멈춘 채
제풀에 지쳐 돌아서는 시위대 사이로
문득 유모차를 밀던 한 아이가
차가운 경찰차에 백합꽃 스티커를 붙이는 걸 본다
스물스물 덮치는 땅거미를 밀어내며
일대가 금세 환해진다
돌아서던 사람들이 다시 어깨를 좁히며 모인다

피붙이들이 죽음과 키스하는 긴박한 시간에도
헝클어진 머리를 들어 올리고

주름진 피부를 펴느라 주사기를 꽂기에 부심한
그녀에게 사랑의 약속을 기억하라고
훌쩍 담 너머 꽃향기를 건네는
아이 주변이 따스해진다

아이의 눈동자에 그득 고인 맑은 호수에
흐린 하늘을 담아서는 안 된다고
사람들이 겨울바람을 막아선다
보이지 않는 손을 대신해
형제를 향해 총을 들어야 했던 육이오
저를 낳고 아낌없이 제 살을 덜어내 길러준
어머니를 향해 방아쇠를 당겨야 했던
사일구와 오일팔의 비극 다시 맞아서는 안 된다고
집으로 가던 사람들이 다시 모인다
저 맑은 눈의 아이에게만은
어두운 내일을 물려주어서는 안 된다고
스물스물 다가서는 땅거미를 밀어내며
무표정한 차벽에 사랑의 꽃을 함께 붙인다
마침내 꼼짝 않고 버티던 바퀴들
털실 부풀듯 느슨하게 풀리며
그 집 앞으로 가는 길 한 가닥 열린다

박
선
욱

1982년 『실천문학』으로 등단.
시집으로 『그때 이후』 『다시 불
러보는 벗들』 『세상의 출구』 등
이 있다.

2016년 촛불의 노래

2016년 가을의 촛불을
광화문 광장에 모여든 저 작은 촛불들을
무엇이라 불러야 할까
한 사람만의 안녕과 평화가
만 사람의 꿈과 미래를 빼앗아온
오욕의 나날
이제 이 거짓된 시절에 마침표를 찍기 위해서
우리들의 생각에 멋대로 귀를 들이대고
우리들의 심장에 멋대로 돌멩이를 던지는
이 무지막지한 공포를 몰아내기 위해서
저마다 손에 들고 있는 촛불을
무엇이라 불러야 할까

우리들은 별을 보고 싶다
아기들의 맑은 눈망울처럼 반짝이는
우리들은 밤하늘의 별을 보고 싶다
우리들은 달을 보고 싶다
달맞이꽃이 그리워하는 보름달을 보고 싶다
하지만 봄바람이 불던 어느 날
하늘에서는 별이 사라지고 말았다
민들레 꽃씨들이 흩어지던 어느 날
하늘에서는 달이 자전을 멈추고 말았다

반짝반짝 빛나던 것들은 어느덧
그리움 속에만 깃들고, 추억과 노래로만 맴돌고
천지는 암흑으로 뒤덮이고 말았다

그때부터 하나 둘 촛불들이 모여들기 시작했다
누군가가 촛불은 바람 불면 꺼진다고 저주를 퍼부었으나
그것은 그냥 독설에 지나지 않았다 촛불은
청계광장으로 광화문 이순신 동상 앞으로
아기 손처럼 귀엽고 새싹처럼 여린 촛불은
돌돌돌 흐르는 물처럼 기운차게 흐르고 또 흘렀다
그 가녀린 촛불들이 노란 꽃씨를 내밀고 또 내밀수록
한 겹은 두 겹 되고 만 겹은 백만 겹 이백만 겹 되었다
그럴수록
어둠은 한 뼘 두 뼘 수수백만 뼘씩 물러나기 시작했다

가을은 더욱 깊어지고 추운 겨울이 왔지만 촛불은
이 나라 순하디 순한 사람들의 마음에 켜진 횃불은
이제 어떠한 비바람에도 거센 폭풍에도 꺼지지 않고
여울여울 굽이치는 개울처럼 기슭을 때리는 해일처럼
흐르고 또 흐를 것이다
굽이치고 또 굽이칠 것이다
그리하여 나 증언하리라

2016년 가을에서 겨울까지
광화문에 모여든 작은 촛불들은 그냥 촛불이 아님을
지난 수십 년 동안 억눌렸던 이 나라 백성들의 한숨임을
더 이상 물러설 곳 없는 가여운 이들의 절규임을
흙바닥을 박차고 일어서야 하는 우리 모두의
고통의 몸부림임을 깊디깊은 상처를 딛고 일어서야 하는
우리 모두의 기나긴 노래임을

만약 누가 나에게 오늘의 촛불을 가리켜
무엇이라 불러야 하느냐고 묻는다면
2016년 가을을 통곡의 촛불이라 부르리라
아니
어둠을 사르며 밀물져오는 촛불의 함성을
그 누구도 짓밟을 수 없는 신명의 어깨춤이라 부르리라
2016년 가을에서 겨울까지
이 나라 거리거리마다 흐르는 촛불의 띠를
노랗게 흘러 도도하게 굽이치는 촛불의 강물을
마침내 만 사람 백만 사람의 노여움으로 일렁이는
우리 안의 나약함 떨쳐내고 강인한 미래를 엮어나가는
들불 같은 산불 같은 촛불의 바다를
산같이 일어서서 저 혼자 앞으로 나아가는 저것을
시민들의 목청에서 돋아나온 나라 구석구석 밝히는

아직 모든 것이 완성되지 않았어도
하나씩 하나씩 매듭을 풀어나가는
새로운 날들을 잉태하며 앞으로 나아가는 저것을
너울너울 거대한, 혁명보다 뜨거운 빛무리를
눈물의, 눈물의, 눈물의 개울이라 부르리라

박
설
희

2003년 『실천문학』으로 등단.
시집으로 『쪽문으로 드나드는
구름』이 있다.

아이야, 네 손에

하늘에는 철새
지상에는 떨어진 나뭇잎새
그 사이에 팔락이는 작은 불새

촛불은 작은 불, 아이야
이곳에서 시작했고 이곳에 있으며
여기로부터 출발하자
슬픔의 땅에서
어둠의 땅에서

굳고 딱딱한 것들이
몸속 호수에 제 모습을 고요히 비추이다가
출렁여, 언제든 흐름이 된단다

촛불은
흐르는 강
푸른 느릅나무
솟아오르는 분수

누구도 촛불을 손에 쥐어줄 수는 없어
동굴과 눈 덮인 숲을 지나
이것은 긴 여행

촛불을 네 손에
아이야, 네 손에

심장에 불이 붙으면 돌아갈 길이 없단다
오래된 기념상 발치에 머무르지 말고
세계를 낳으렴, 아이야

박
성
우

2000년 <중앙일보> 신춘문예
로 등단. 『거미』 『가뜬한 잠』
『자두나무 정류장』 등이 있다.

수첩에는 수첩

제1차 촛불, 10월 29일 청계광장
304 낭독회에 목소리 보태러 갔다가
몇 발짝 걸음을 보태, 촛불로 향했다

제2차 촛불, 11월 5일 전주 오거리
익산 '카페 키노'에서 행사가 있었다
외면할 수 없어, 가까운 전주로 갔다

제3차 촛불, 11월 12일 서울시청 광장
민중총궐기, 안상학 시인을 만나려 했으나
몇 십 미터 움직이는 것조차 만만치 않았다

제4차 촛불, 11월 19일 광화문 광장
문동만 시인을 따라다니니 한결 수월했다
송경동 시인한테서 '하야하락' 셔츠를 샀다

제5차 촛불, 11월 26일 광화문 광장
안도현 시인이 전자촛불을 들고 있었다
한창훈 소설가를 따라 청와대 앞으로 갔다

제6차 촛불, 12월 3일 정읍 원협 앞
아버지 음력 기일이어서 고향에 갔다

정읍촛불에서는 동학농민혁명 냄새가 났다

제7차 촛불, 12월 10일 전주 객사 앞
전주 모임에 갔다가 광장으로 나갔다
촛불로 닭을 삶았던 사람들을 만났다

제8차 촛불, 12월 17일 광화문 광장
사람들 간격이 조금은 넓어져 있었다
어쩐지 속이 허해서 어묵을 사먹었다

제9차 촛불, 12월 24일 광화문 광장
딸애는 아침부터 즐거운 걱정을 했다
가족과 함께 광장에서 성탄전야를 보냈다

제10차 촛불, 12월 31일 전주 풍남문광장
길 위의 문학 콘서트, 사람들이 몰려왔다
전주는 전주답게 판소리 촛불을 이어갔다

헌재 탄핵 가결, 나쁜 대통령 즉각 구속……,
딸애에게 줄 새해 선물 목록을 써보았다

박
순
호

2001년 『문학마을』로 등단. 시
집으로 『승부사』 『헛된 슬픔』
등이 있다.

촛불 사용처

내가 알고 있는 촛불 사용처는
분위기를 잡고 싶거나
생일 케이크를 자르기 전이나
정전되었거나
제사를 지내거나
상像을 모신 재단이거나
영정사진 앞 그때 말고는
기억이 없다
그런데, 그러한데
한군데가 더 늘어났다
부드러운 손
펜을 잡은 손
뼈마디가 굵은 손
핏줄이 툭 불거진 손
조막손
거죽만 남은 손
종이컵 밑바닥에 구멍을 내고
구멍 안으로 초를 꽂아 쥔 손들이
절망한 모든 손들이
광장으로 모였다
사무실 시계가 오후 6시를 가리키자마자
이른 저녁을 먹은 온 식구가

잔업수당은 생각하지도 않고
공장 밖을 나서는 노동자가
집과 도서관과 식당과 술집에서 나와
두 손에 초를 모셨다
같은 마음은 같은 희망으로
같은 노래는 같은 함성으로
더러움으로 찌든 위정爲政의 옷을 벗기고
곰팡이 핀 민주주의 이불을 햇살에 널어 말리며
심지에 불을 붙였다
자유의 비석이
미학과 철학이
삶이, 태양이, 혁명이
촛불파도를 타고 멀리 멀리
퍼져나갔다

박
완
섭

1998년 『문학21』로 등단. 시
집으로 『핸들을 잡으면 세상이
보인다』 『느티나무의 꿈』 『한
반도의 중심은 사랑이다』 『택
시를 부르는 바람소리』 『나는
나를 알지 못한다』 등이 있다.

촛불꽃

촛불에 비친 얼굴을 보라

촛불에 비친 얼굴보다 아름다운 모습은
이 지상에 없다

지상으로 내려온 천사의 모습
촛불의 물결은 천사의 날갯짓이다

한줌의 흙이 없는 도심 아스팔트
가장 따뜻한 심장에 꽃으로 피어
이 세상 가장 아름다운 향기로

이 세상의 어둠을 밝히고 있다

여리디 여린 촛불들이 모여
촛불꽃 물결을 이루어
해일처럼 밀려와 은결로 빛나는
아름다운 밤

새로운 역사를 쓰고 있는 우리는
유모차 자전거 오토바이 차량에 함초롬히 피어난
지상의 작은 꽃이다

연인과 연인 가족과 가족
동지와 동지의 가슴에 빛나는
밤하늘의 작은 별이다

박
원
희

1995년 『한민족문학』으로 등
단. 시집으로 『나를 떠나면 그
대가 보인다』가 있다.

최순실 국회 청문회를 보다가

TV에서 중계하는
청문회를 보다가 난데없이 눈물이 난다
노회한 시대가 다시 돌아와
시대를 농단하고 지나간 흔적들을 지우고 싶은 사람과
밝히고 싶은 사람이
동문서답한다

어둡던 한 시대가 흘러가면 밝음이 오나 했지만
또 다른 어둠을 향해 걸어가던 걸음
누구도 자유롭지 못한 기성의 몫은 젊음을 누르고
눌린 어둠은 촛불을 밝혔다

광화문에서 청와대 가는 길
검은 밤을 불빛으로 인도하는 행렬
그 속에 진실과 삶 물러나지 않는 희망이 있다
일렁이는 촛불의 파도가
흘러내리는 빗물, 바람, 추위보다 강하다

모여서 외치는 슬픔과 좌절을
희망과 소망으로 밝히는 촛불들
저 평화의 행진
승리를 바라지 않고

한 걸음씩 걸어가는 역사
진보의 행렬
멈추지 않고 흐르는
사람들

내일 또 어두워 오면 가슴에 담아 두었다
다시 꺼낼 혼들

검은 밤을 밝히고
조용한 혁명을 기다리는 사람들

최순실이 없는 최순실의 청문회를 보다가

박
일
환

1997년 『내일을여는작가』로
등단. 시집으로 『푸른 삼각뿔』
『끊어진 현』 『지는 싸움』 등이
있다.

새로운 바다에 새로운 배를 띄우자
─광화문 촛불에 바치는 시

사공이 많으면 배가 산으로 간다고 했다.
지금은 뱃머리를 산으로 돌릴 때다.
이참에 우리 모두 사공이 되자.
사공이 되어 배를 끌고, 메고, 산으로 가자.

그날 이후 우리에게 선장은 없었다.
아이들을 차가운 바닷속으로 밀어 넣은 살인자만 있을 뿐
세월호에도 대한민국호에도 선장은 없었다.

요염하고 가증스러운 세이렌의 목소리에 홀린 선장이
검은 소용돌이 속으로 거침없이 배를 몰고 가는 동안
우리 역시 눈멀고 귀먹어 있었으니
그동안의 죄를 뉘우치며, 눈물로 고백하며, 촛불을 들자.

각자의 선실에서 뛰쳐나와 소리치자.
악마에게 영혼을 저당 잡힌 무자격 선장을 끌어내라!
목을 베어서라도 당장 끌어내라!
이제부터 우리가 직접 삿대를 잡겠다!

덕지덕지 냄새나는 분이나 처바르고 꼭두각시 춤이나 추는
헛것들의 미친 놀음판을 걷어차 버려라!
아귀처럼 먹어치워 불룩해진 탐욕의 뱃구레를 뚫어버려라!

미끌미끌 요리조리 빠져나가는 위선의 창자를 끊어버려라!
거머리 같고 흡혈귀 같은 것들 모두 쓸어버려라!

배가 산으로 가면 안 된다는 거짓 언어에 속지 마라.
익숙한 길로 가라는 건 익숙하게 속으라는 것
그러니 산으로 가는 걸 두려워하지 마라.
기울어진 뱃전을 들어 올리고, 어기영차!
너와 내가 사공이 되어 배를 끌고 산으로 가자.

산 위에 올라 다함께 눈을 들어 멀리 보자.
어느 바다로 배를 띄우면 좋을지 머리를 맞대보자.
더 크고 단단한 배를 만들기 위해 힘을 모아보자.
너는 너대로 나는 나대로
망치를 들고, 붓을 들고, 곡괭이를 들고, 카메라를 들어라.
너는 뱃머리를 맡고, 너는 뱃전을 맡고, 너는 돛을 맡아라.
너는 기울기를 재고, 너는 바람 부는 방향을 살피고, 너는
기관을 정비해라.

저 너울대는 촛불 바다에서
새로운 물결이 일고, 파도와 파도가 어깨동무하고 있다.
뜨거운 숨결들이 마침내 새로 만든 배를 띄워줄 것이다.
두려움 없이 올라타자, 아직 가보지 못한 바다로

우리가 사공이 되어 벅차게 나아가 보자.

꿈꾸지 않고 이룰 수 있는 것은 없으니
상상의 바다와 상상의 나라는 여기서 멀지 않다.
차마 죽어서도 죽지 못한 304명의 원혼이 등대 불을 밝혀줄
것이다.

이제 산등성이까지 물이 차올랐다, 배를 풀어라.
푸른 기와지붕을 뱃머리로 우지끈 치받고 가자!
죽음의 바다를 건너 해원^{解冤}의 바다로 가자!

자유도 좋고 평등도 좋고, 연애도 좋고 막걸리판 육자배기도
좋다.
가로세로 삐뚤삐뚤, 한 획이 모자란들 어떻고 한 획이 넘친들
어떠랴.
저마다 자신의 꿈을 눌러 새긴 깃발을 뱃전마다 매달고 가자!

반란이라 불러도 좋고, 혁명이라 불러도 좋다.
먼 옛날 외눈박이 선장이 있었다고,
그 밑에서 억눌렸던 목소리, 목소리들 한꺼번에 터져 나왔다
고,
그날의 빛살 기둥이 참으로 장엄했노라고,

떠올릴 때마다 저절로 눈시울 뜨거워지는 벅찬 감동이
미래의 가슴속에 또렷이 새겨지도록 하자.

너로 하여금 내가 나이게 하자.
나로 하여금 네가 너이도록 하자.
같으면서 다르고 다르면서 같은
그래서 더욱 아름다운 무늬로 이 세상을 수놓을 때까지

우리 모두 사공이 되어
힘껏 당겨라, 저어라, 밀어라!
어화넘차, 춤추며 가자! 가자! 가자!

박
재
웅

2010년 『분단과통일시』로 등
단.

광장의 바다로 가다

광장으로 간다
강이 되어 간다
촛불 속으로 간다

어두웠거나 축축한 골방을 나와 스억스억
앞서라 뒤서라 않아도
저마다 식어진 심장에 불을 붙여
어둠의 소굴로 쿵—쿵 달려간다

차마
눈 감지 못하고 맞이한 아이들 검은 시간의
바다로
물속에서 처절히 꿈을 잃은 나비들 곁으로
간다

가서 돌아오지 못하더라도
썩고 거짓된 도적 세상
뜨거운 심장 하나로 맞서 죽더라도
차가운 바닷속에 수장된 진실에
눈감을 수 없어
이제 더는 '가만있을' 수 없어 광장으로 간다

날아보지 못한 아이의 날개로
물대포에 멎어버린 농민의 심장으로
감옥에 갇히고, 쫓겨난 노동자의 얼굴이 되어 외친다

도적이여, 날강도여, 어둠이여, 보이는가?
고사리 손부터 백발의 주름 손까지
손에 손에 든 촛불들
분노로 넘치는 촛불의 강을
생명이 타올라 새 생명이 부활하는
이 광장의 바다를

박
제
영

1992년 『시문학』으로 등단. 시
집으로 『식구』 『뜻밖에』 등이
있다.

묵시록 4장 16절

말끝마다 국민을 입에 달고 사는
당신들

해마다 4월 16일, 4시 16분에
4천1백6십만 명의 국민들이 광장에 모여
4천1백6십만 개의 촛불을 밝히고
4분 16초 동안 묵념을 한다면

캄캄하고 차가운 바닷속
아이들의 비명이 마침내
당신들의 귀에 닿을 수 있을까

국민이라 쓰고 개돼지라 읽는
당신들

박
형
권

2006년 『현대시학』으로 등단.
시집으로 『우두커니』 『전당포
는 항구다』 『도축사 수첩』 등이
있다.

촛불

꿈틀거린다
하늘소의 애벌레처럼

촛불이 뭉클하다
내 심장이 광장에 나온 것처럼

하아, 끝내 해보자는 건가
털끝만큼만 꿈틀거려본다

하늘로 날아오르는 것
잠깐 미룬다

꿈틀꿈틀

혁명이 잠자듯 꿈틀꿈틀

우우우우우우우우우
손톱만 한 내가 모였다
저절로 한 덩이다
꿈틀꿈틀
가느다란 것이 굵직한 생명이다
작은 내가 커다란 나다

내 가능성이 놀랍고 두렵다
잠깐 껐다가 켠다
어둠과 밝음이 원하는 대로
꿈틀꿈틀

배
선
옥

1997년 『시문학』으로 등단. 시
집으로 『회 떠주는 여자』 『오래
전의 전화번호를 기억해내다』
『오렌지 모텔』 등이 있다.

꺼지지 않았다

가득 짐을 얹고 나타난 지게차가 광장에 짐을 부리자 미처
마르지 못한 욕망들이 쏟아져 나와 허겁지겁 흩어졌다 한껏
몸을 부풀린 대륙성 고기압의 자랑을 들어주느라 귓불은 점점
더 얼어갔고 골목 밖에선 손이 곱은 우리들 저마다 가슴에 불씨
하나씩을 품기 시작했다.

달력엔 기념일처럼 커다랗게 동그라미를 친 날들이 늘어갔다
여전히 기다림의 끝은 오리무중이었지만 언젠가는 기어이 그
끝에 당도하고야 말리라고 입술을 깨물어 바짝 마른 장작에
날 새운 도끼날을 박았다 얇게 벼려진 빛들이 새파란 물결을
이루어 출렁거렸고 그 빛을 당겨다 환하게 어둠을 밝혔다

잘 삶아서 까슬까슬하게 말려놓은 수건 같은 나날들을 우리는
믿고 기다리는 중이었다 발갛게 언 손이 시리다 못해 아려왔지만
새벽녘 당도할 그를 위해 기꺼이 밝혀둔 촛불 꺼지지 않았다
새벽은 또한 멀리 있지 않음을 어둠 속에서 닭울음소리 들렸다

배
재
경

1994년 『문학지평』으로 등단.
시집으로 『그는 그 방에서 천년
을 살았다』 등이 있다.

어처구니
─연체자는 국민이 아니다

순실 씨,
잘 나가던 미래문화사업을 말아먹고 나자
친구도 단체도 동료도 모두 나몰라라다
식당 일이라도 해야 애들이라도 거둘 터인데
이것이 세상이다를 실감하는 중, 인, 디,
인생을 참 뻔뻔허게 헛살았다를 반성 중, 인, 디,
문자 하나 날아든당
순실 님의 예금계좌를 국민몰염치정부에서 압류등록하였음
을 알려드립니다

제기랄……
그럼, 취직허면 월급은 우짷다냐? 뭐 묵고 살어라고!

그런데 더 웃기는 건
이거다

항상 저희 대한민국은행을 이용해주시는 고객님께 감사드립
니다
정보통신망법 제50조 8항에 따라 광고성정보 수신정보고객
인 순실 님에게는 다음과 같은 혜택을 드립니다

─대한민국은행 VIP카드 발급

—각종 경품제공
—사은행사
—무이자할부이벤트 혜택정보……

그만 휴대폰을 냅다 던지는 순실 씨
쓰벌, 지금 죽었는데, 뭐? 대한민국 VIP 카드!

대한민국으로부터 절연통보를 당하고도
이렇게 우롱당하는 우리의 순실 씨,

어쩐담!
연체자는 국민이 아닌가보다!

어디 가서 살어라꼬?
그만 이 자리에서 꽉 죽으뿌라 이거 아이가?

쓰벌, 나랏돈은 저들끼리 다 해처묵으면서,

순실 씨,
울며불며 떠나는 버스 뒤꽁무니로 달겨든다

배
창
환

1981년 『세계의문학』으로 등
단. 시집으로 『잠든 그대』 『겨
울 가야산』 『흔들림에 대한 작
은 생각』 등이 있다.

사드, 촛불의 시

교복 단정히 차려 입은 여학생이 갑자기
—이의 있습니다!
벌떡 튕겨 일어나듯

성주, 사드 촛불집회장에서
두 손으로 번쩍 들어 올린 마분지 피켓

> **여기가 대한민국이지**
> **대한미국입니까?**
>
> **—성주여자중학교 학생 일동**

백 마디 말을 잠재우고
일으키는,

시詩보다 더 시다운

백
남
이

2002년 시집 『사랑은 없다, 기
다리기로 하자』로 등단.

공복共福의 밤

오랑캐도 아닌 것이
드라마 주인공과 프로포폴과 연애 중인 왕년의 공주와
외군도 아닌 것이 시러베 부역자와 탐욕 광녀와
돈재벌 횡포로 점철된 대한민국 내 조국의 지금

2016년 밤, 광화문 광장
자유 신민주주의 혁명 투쟁 텐트 속
숨만 쉬어도 훌륭한 인생*, 인생들
돌베개 쪽잠 결에 황톳길 찾아가는 긴 밤
스탠드는 서울 프라자호텔 불빛
큰 칼 찬 장군님 결 숨고르기 릴레이 퍼레이드다

선잠의 꿈길 흙냄새 따라가다 보면
서성이는 발길에 닳고 닳은 시멘트 바닥 끝
항구에 정박된 민우, 다영이…… 엄마아부지의
얼어터진 팽나무껍질처럼 굳은 발바닥과
통증과 오열 잊은 몸과
구토의 언어로 연명한 어언 몇 해

묻힌 것 아니다 저 바다에 있다, 내 새끼……
눈 감아도 반짝이는 눈물꽃 촛불꽃 등대 잘 보련
청와대 자하문로 차벽 훑었던 융단 횃불이불

잠시만 더 덮고 있으련
오랜 세월 처박힌 선채의 부식보다 더 썩어
뛰는 게 수상한 심장과 이골 난 눈물길이지만
똑바로 봐야겠다, 내 아가 젖은 등이라도

눈물이 촛농보다 뜨거운 밤

지고 싶지 않아!
지고 싶지 않아!

* 풍운아 채현국 선생님 지론을 빌려옴.

백

두

『작가연대』로 등단.

우리 세상을 바꾸어 가요

우리 이 작은 촛불 희망을 손에 들어요.
이 작은 불꽃들이 모여 큰 물결을 이루고
함성이 되어 저 높은 장벽을 무너뜨려요.
우리의 꿈, 희망이 이루어지는 세상을 향하여.

저 눈 시린 파란 하늘보다 높아지는 자유를 위하여
다 함께 행복해지는 차별 없는 평등을 위하여
물처럼 투명해져 눈에 보이는 정의를 위하여
희망의 촛불을 손에 들고 우리 다 같이 외쳐요.

자유 평등 정의가 이루어지는 그날까지.
우리 희망의 촛불을 손에 들고 외쳐요.
우리 사는 세상을 바꾸어 나가요.

백
무
산

1984년『민중시』로 등단. 시집
으로『만국의 노동자여』『동트
는 미포만의 새벽을 딛고』『인
간의 시간』『길은 광야의 것이
다』『초심』『길 밖의 길』『거
대한 일상』『폐허를 인양하다』
등이 있다.

구속 사유

그곳에 가서 재벌 돈 받아 처먹지 않은 자 없었으니 그쯤
해두자

해괴한 블랙리스트지만 민주정부 시절에도 입이 없는 하류인
생은 거명조차 금기하는 블랭크리스트가 있었으니 그도 그쯤
해두자

입시 특혜가 무슨 대수로운 부정인지 부모 신분이 실력과
성적인 건 이미 뻔한 상식 제도가 합법적인 부정이니 그도 그쯤
해두자

문란한 사우나 계모임이 국가를 대개조해 온 것은 저들 건국
의 아버지로부터 역사와 전통을 신내림 받았으니 그도 그쯤
해두자

얼굴에 주사바늘 꽂고 연속극 틀어놓고 직무를 본 것은 국가
와는 결혼한 사이이니 국가를 침실에서 주물러댄 것으로 보고
그쯤 해두자

그러나 겨우 스물세 살의 여자
자신의 구명조끼마저 아이들에게 입히고
우린 마지막 한 명까지 구조한 후에 구조될 거야

물이 차올라 허우적거리는 아이들을 끌어올리려고 안간힘을
쓰는 그의 등짝을 사정없이 걷어차 버린 일

작년이던가 재작년이던가 미필적고의혐오학살험의

봉
윤
숙

2015년 <강원일보> 신춘문예
로 등단.

광화문 촛불시위에 가다

기억 속의 모공을 좁힌다 얼굴이 얼굴을 포개고 손의 표정은
깊다 촛불이 언덕지는 광장으로 바람이 신문적으로 분다 '그렇
지만'에 모자를 씌우고 겨울을 복사한다 전단지의 언어는 굵다
도시의 나그네, 비둘기는 커피를 마시고

혼들리는 곳마다 너의 얼굴이 떠다닌다

구명조끼도 없이 출렁이는 것들, 부딪치는 곳마다 덧나는
영혼들, 결 없이 일렁이는 액자 속에서 목소리 노랗게 나부끼고
눈동자는 물고기가 아니라 화살이 되고 깃발에 달라붙는 기도는
더 차가워지고

눈을 감은 자들의 나라, 기웃거리는 개들을 생략하고 싶다

옛날은 신선하다 문을 열면 돌이키고 싶은 순간이 있다 교복
이 등교, 등교한다 국화꽃에는 지문이 반짝이고 텐트 안에는
숨결이 번뜩이고 극장에 타오르는 몸짓들 책상에 놓인 꽃과
글들은 별이 되어버리고

새벽 3시에 눈을 뜨는 말들을 주워 차벽에 붙인다

박하사탕을 씹어 먹으면 바삭바삭한 눈이 내려도 비가 찰랑거

려도 더불어 앉아 내리는 눈을 꽃으로 맞으며 숨어버린 운동화
끈이 보일 때까지 출근 카드를 찍을 수 있을 때까지 트럼펫
소리가 저벅저벅 울리는 그날까지 가슴속의 계단을 활짝 펼친다

    숨길 수 없는 노래는 흘러나오고

서
안
나

1990년 『문학과비평』으로 등
단. 시집으로 『푸른 수첩을 찢
다』 『플롯 속의 그녀들』 『립스
틱발달사』 등이 있다.

효자동, 국경

골목을 돌면 국경이었다

나는 가끔 국가의 국민이었다

효자동에는 골목마다 효자들로 붐볐다 효자는 줄기가 연하여
대개 여러 해를 산다 전생에서 교지와 말라붙은 양물을 들고
새카맣게 날아온다 하나를 알려주면 둘을 잊었다 자두를 먹으면
향냄새가 난다 어떤 믿음은 환관처럼 은밀하다

창문을 반쯤 열어두고 사람들은 병든 얼굴로 어디를 갔나
죽은 자들은 찢어진 밀서(密書)처럼 고요하다 낮에도 처녀 괴수가
출몰했다

골목이 질겼다 환관의 무리가 골목에서 검은 피리를 불었다
아이들이 초겨울의 음계로 노래를 부르며 사라진다 국경이 멀지
않다

효자동, 국경

석
여
공

2006년 『불교문예』로 등단. 시
집으로 『앉으라 고요』가 있다.

그 후로도 오랫동안

그녀가 아프대
그래서 그녀들이 그녀를 위해 그것을 그곳으로 들여갔대
알면 안 돼, 주치의도 모르게
기록지도 없이
놔줬대 깊이

따 당한 주치의는 따 당한 죄가 있고
알고도 모르쇠로 쉬쉬한 가방모찌들은 모르쇠로 쉬쉬한 가방
모찌들의 죄가 있고
스스로 머리에 구멍 뚫어 기억을 게워낸 것들은 기억을 게워
낸 죄가 있고
비몽사몽, 어쩌다 구명조끼라는 말을 뱉어낸
촛불 앞의 그녀
그녀는 죄가 없대

그렇게 아이들 죽었대
손톱 빠지게 하늘로 곤두선 이생의 밑창 긁으면서
프로포폴 매선침 박힌 실밥이 녹는 동안 잡아먹은 아이들이
뜬 눈으로 그녀들을 쳐다보는 동안

석
연
경

2013년 『시와문화』로 등단. 시
집 『독수리의 날들』이 있다.

신화인지 설화인지 촛불바다 출렁이고

그래 신화일지도 몰라
어느 봄 언저리 얼음여왕이 나타나
얼음 조각으로 된 퍼즐을 바다에 던졌지
새순 파릇한 수백 그루 참나무가 수몰되고
순풍 봄 바다에 살얼음이 끼었지
가슴에 박힌 거울 조각을 빼내려
얼어붙은 바다왕국에는
태양왕도 달여왕도 노란리본촛불로 빛났다지

아니 전설일지도 모르지
옛날 볕이 빽빽해서 따시던 우리 할매 동네
거대한 철 괴물 보초 세운 눈의 여왕이
허연 찬 서리로 대지를 감전시켰지
백내장 백혈병에 걸린 나무들 중음신으로 떠돌고
전설의 치우 한숨은 촛불이 되었다지
울울창창 초목촛불 거리로 나왔다지

아마 분노로 굴절된 설화일지도 몰라
강철여왕 집으로
얼굴이 발갛고 가시에 긁힌 촛불들이
서로 언 손 비벼주며 울고 가네
피투성이 촛불도 있네

파란 기와가 핏빛 촛불에 곧 눈이 데일 텐데
촛불 강불이 자꾸 불어나는데
눈보라치고 초가 자꾸 닳아 가도
촛불 바닷불이 어둠을 더 환히 밀고 가는데
경이로워라 강철심장 던지기로
땅뺏기기 놀이 중인 강철여왕
촛불바다 거세게 출렁인다

여기는 2016년 지구별 코리아
예쁜 플라스틱 인형 우리 언니
촛불에 녹아 일그러지기 전에
볼이 볼록한 우리 언니
호주머니 커다랗다는 우리 언니
두껍아두껍아헌집줄게새집다오
왕관 없던 예쁜 드레스 우리 언니

언젠가 눈 뜨고 흘리던 딱 한 줄기 찬 눈물이
뜨거운 촛농처럼 흐르는 날
그때는 이미 배를 타야할지 몰라 기약 없이
언니언니우리언니새집줄게헌집달래요
활활 횃불이 하늘을 뒤덮기 전 아직은 초저녁
하얀 국화 머리에 꽂고

벌거벗어 부끄러운 우리 언니
눈물 걸음으로 조금은 우아한 맨발로 내려와
촛불바다 향해
삼궤구고두례 오체투지 자벌레가 된대요

미래의 오늘
스스로 환한 촛불들이 미소 짓는 봄
농민들이 춤추며 밭을 갈고
학생들이 노래하며 책을 보고
사람들이 제자리에서 빛나는
참세상 대동세상 꽃길이다
불꽃축제 북이 둥둥 울린다
파란 기와 위 횃불 독수리 한 마리
눈을 빛내며 앉아
무궁화 꽃을 피우고 있다

성
향
숙

2008년 『시와반시』로 등단. 시
집으로 『엄마, 엄마들』 등이 있
다.

빛의 연대

빛의 처음들
연약한 빛 하나가 나를 닮은 나를 공손하게 인정하며
나를 닮은 타인을 점화하며

이백만 개 촛불이 광화문에 만개한다
봄날 장미 축제처럼 광장 위로

눈송이가 동전처럼 쏟아진다
비상라이트는 순차적으로 켜지고
누가 부르지 않아도
종종걸음으로 몰려드는 작은 날개들
일제히 들어 올렸다가 일제히 꺼지는 빛의 오케스트라
누군 아리랑 축전 같다고

감동은 마음이 말랑해지는 질병이다
분출하는 하얀 눈물이 벽을 타고 흐른다

부딪혀 피 흘리지 않았고
눈알 부라리지 않았고
너 때문이야 소리치지 않았고

빛과 빛이 연대하여

검은 것은 검고 흰 것은 희다는 교리의 전파자처럼
우연을 증거할 필연처럼

휩쓸리는 눈보라 속에 발목을 적시고 있다

성
환
희

2014년 『시선』으로 등단. 시집
으로 『선물입니다』가 있다.

우리는 광장으로 간다

오늘은
바람조차 차가웠고
추적추적 비가 내렸다

너는 어디에 있었는가?

거친 비바람 속에서도
기도의 말이 켜지고
촛불이 타올랐다

너는 어디에 있었는가?

네가 홀로 너만을 바라보며
어둠을 어둠이라
잘못을 잘못이라
생각하지 않고 버티는 동안
우리는 저마다 나를 버리고
우리가 되어 광장으로 간다

너는 어디에 있는가?

끝끝내 네가

보지도 듣지도 말하지도 않은 채
비겁의 시간을 누리는 동안
불러도 불러도 대답하지 않는
너를 기다리는 토요일의 광장은 슬프다

포기할 수 없다
어둠이 짙을수록 더욱 환하게 타오르는
이 붉은 함성이 새로운 길을 낼 때까지
기쁘다는 말을 할 수 없다
슬픔에 이끌려 슬픔을 끌고
행진 행진, 토요일은 광장으로 간다

송
명
숙

2003년 『문학과어린이』로 등
단. 시집으로『낮에 떨어진 별』
『여섯 개의 관절이 간지럽다』
등이 있다.

아침이 오면

촛불은
바람에 흔들리고
눈 맞고 휘어지고
빗속에서 휘청거리고
울먹이며 쏟아낸 촛농
구부러진 길로 흘러내리다가
심지를 세운다

광화문의 촛불 하늘로 타올라
하늘 높은 곳에 별들도
촛불 켜고 나왔다
하늘과 땅의 촛불
빛을 향해 나가면

별은 빛을 낳고
촛불은 아침을 낳는다
어둠은 서서히
인왕산 자락으로 스며든다.

스승님 뵈오려 간다
— 촛불집회

송
명
호

1988년 『시문학』으로 등단.

아빠 어디 가세요
스승님 뵈오려 간다
촛불집회 가세요
그래
저도 같이 가요.
20여 년 전 딸의 손을 오늘 잡는구나
저는 『논어』 자공子貢의 말씀 기억나요

공자는 어디서 배웠는가
문무의 도가 인민들 속에 있었다
공자께서 어디선들 배우지 않았겠으며
누구인들 스승이 아니었겠는가

그러하다
촛불집회의 사람들은
온 누리 천추만대에
모셔야 할 스승이니라

중니언학仲尼焉學,
문무지도……재인文武之道在人이라
부자언불학夫子焉不學
하상사지유何常師之有

송
은
숙

2004년 『시사사』로 등단. 시집
으로 『돌 속의 물고기』가 있다.

촛불 불꽃 꽃다지

백성은 물, 임금은 배이니, 강물의 힘으로
배를 뜨게 하지만 강물이 화가 나면 배를
뒤집을 수도 있다
—순자荀子 왕제王制편에서

촛불 불꽃 꽃다지 지금 우리는
촛불 불꽃 꽃다지 지팡이 이곳에서 우리는
촛불 불꽃 꽃다지 지팡이 이정표 표출하라 시민의 힘
지금 우리는 이곳에서 새 시대의 이정표를 세운다 시민들의
힘으로

촛불을 화두 삼아 생각을 이어가다
맨 처음의 촛불 맨 처음의 이정표가 궁금해졌다
미군의 장갑차에 짓밟힌 효순이 미선이의
반딧불이 같은 넋을 위로하며 미국대사관 앞에서 밝힌 촛불에
서부터
노무현 대통령 탄핵 철회하라
미국산 쇠고기 수입 철회하라
용산 철거민 참사 규탄한다
반값 등록금 공약 실천하라
국정원 여론 조작 의혹을 밝혀라
세월호 침몰 진상규명하라
세상의 어둠을 몰아내며 피어나던 촛불의 꽃
그리고 지금 이곳 2016년 겨울, 광화문 광장에서 부평역에서
금릉역에서 야탑역에서 수원역에서 부천역에서 동백호수공원
에서 중앙시장 농협사거리에서 제천시민회관 앞에서 진천 읍사

무소 앞에서 삼일공원에서 신관동 우리은행 앞에서 천안 야우리
건너편 아트박스 앞에서 둔산 타워 앞에서 도담동 상상장터
앞에서 김천역에서 성주군청에서 경산시장에서 의성 우체국
앞에서 장수성당에서 농협 순창지부에서 금남로에서 진도 철마
광장에서 곡성 군청사거리에서 무안 풀무공원에서 담양성당에
서 남해읍 사거리에서 사천 탑마트 오거리에서 김해 시민의
종 건너편 광장에서 창원 시청광장에서 구 대구중앙시네마 앞에
서 서면중앙로에서 삼산롯데백화점 광장에서 제주시청 앞에서
그 모오든 곳에서 모오든 가슴속에서

    촛불로 새겨가는 대동하야지도*
    온몸으로 기록하는 대동탄핵지도
    어리석고 부도덕한 배를 뒤집는 저 도도한 촛불의 강물 촛불
의 파도

    신기하여라 하나가 둘이 되고 하나가 셋이 되고
    하나가 넷 다섯 여섯 열 스물 백 천 만 백만이 되는
    나누어도 나누어도 줄지 않는
    나누면 나눌수록 더 커지는 더 넓어지는 더 뜨거워지는
    이 촛불의 마법
    누구라도 맨 처음의 촛불이 될 수 있다는
    불꽃의 심지가 될 수 있다는

파도의 물마루가 될 수 있다는
평등한 촛불의 힘
들판에 번져가며 봄을 부르는 꽃다지처럼
새로운 나라의 이정표를 밝힌다
이곳에서 우리는 지금

―

* 전국 촛불집회 장소를 알리는 지도.

송

진

1999년 『다층』으로 등단. 시집
으로 『지옥에 다녀오다』 『나만
몰랐나봐』 『시체 분류법』 등이
있다.

거룩한 거위들의 행진

—2016년 11월 7일 입동, 서면 쥬디스 앞 촛불집회에서

거위를 따라 걸었다
거위의 등에는 따스한 온돌방이 있다
줄을 바로 서라는 목소리는 들리지 않았다
그런데 이미 많은 파들이 푸른 촉을 밝히며 걷고 있었다
거위의 등에서 따듯한 군고구마 냄새가 났다
인도와 차도는 코발트빛 수선화처럼 차분했고 어떤 경적도
울리지 않았다
간혹 노란 손수건이 한 장 떨어져 있을 뿐이었다
지하로 공중으로 거위들은 걸었다
뒤뚱거렸지만 균형을 잃지 않았고
무지갯빛 알도 깨지지 않게 품고 다녔다
노란 은행나무들이 김이 모락모락 나는 연밥을 나누어 주었다
당이 떨어진 당뇨병 거위들은 초콜릿과 사탕으로 이를 악물었
다
그래도 걷고 또 걸었다
11월이었다

신
남
영

2013년 『문학들』로 등단. 시집
으로 『물 위의 현』 등이 있다.

촛불이 횃불이 되어

처음엔 마음의 골방 한편에
켜둔 불빛이었을 것이다

때론 불빛 한 점이
어둠 속 바닷길 밝히는 등대처럼
새벽길 인도하는 것이라서, 금력과 권력에
미친 시대의 어둠이 너무 깊어서
작은 촛불들 모여, 광화문에서 금남로에서
저마다 광장의 함성을 밝힌 것이다

가슴이 막힐 정도로 울화가 깊어
떨리지만 당당한 목소리로
목청껏 외친 것이다

누구든 부정과 불의의 철면피를 벗고
양심의 칼날 위에 서라
거짓과 탐욕의 가면을 벗고
모든 허위여 물러가라

곰나루의 죽창, 녹두벌판에 타오르는 들불처럼
촛불이 횃불이 되어, 언젠가는 그 불이
삿된 것들 다 불사를 날이 오리니

새로운 걸음의 거름이 될
새로운 역사의 깃발이 될
혁명의 촛불을 밝혀야 한다

한 번도 태우지 못한 부끄러운 쭉정이들
허공의 한 줌 재가 될 때까지
우리들 마음의 심지를 태워서
너와 나, 함께
우리는

신
동
원

1986년 『민의』로 등단. 시집으
로 『오늘은 슬픈 시를 쓰고 싶다』
등이 있다.

백만 촛불은 제2의 6월 항쟁~!! 국민의 힘 으로 완성하자!!

1.
보아라
이 불의와 부정을 태우는 분노의 불길~!!
성난 파도와 같은 물결~!!

이것이 민심의 소리다~!!
이것이 국민의 뜻이다~!!

누가 이길 수 있으랴~!!
누가 거역할 수 있으랴~!!

백만 촛불은 제2의 6월 항쟁~!!
국민의 힘으로 완성시켜야 한다!!

권력이 국민을 무시하면
마침내 성난 불길이 모든 것을 태워버리고

4·19혁명처럼
6월 항쟁의 그날처럼
국민의 힘으로 새로운 역사를 창조할 것이다~!!

2.

타는 목마름으로
타는 목마름으로
민주주의여 만세~!!

6월 항쟁 때 목마르게 부르던 노래~!!

최루탄에 쫓기던 골목과
화염병과 깨진 보도블록 투석으로 가득하던 명동거리

그리고 박종철 이한열의 죽음
명동성당 앞 전경들에게
꽃을 꽂아주던 수녀들

그렇게 숱한 희생과 피눈물로
민주주의를 되찾았지만
광란의 10년 다시 민주주의는 무너지고
국민들 자유는 짓밟혔다

이제 다시 국민의 힘으로
미완의 혁명 6월 항쟁을 완성시켜야 할 때다

그 젤 앞자리에 촛불들이 앞장선다~!!

6월 항쟁의 그날처럼
국민의 힘으로 무너진 민주주의와 정의를 일으켜 세우자~!!

촛불 횟팅~!!
민주주의 만세~!!

신
언
관

2015년 『시와문화』로 등단. 시
집으로 『나는 나의 모든 것을
사랑한다』 『그곳, 아우내강의
노을』 등이 있다.

트랙터의 꿈

나에겐
부채상환이 다 끝난
낡은 트랙터가 있다
갑오농민의 죽창 끝에 날 선
물러설 수 없는 트랙터 발동소리
지금 살고 있는 이곳에서 사흘
트랙터 로우다로 슬쩍만 건드려도
그곳 담벼락은 쉬 무너질 텐데

'내 죽어 후대만이라도'
갑오농민들 새 세상이 오는 줄 알았다
그해로부터 123년
촛불은 타오른다
'내 아들딸 다시 이곳에서
분노의 촛불을 들지 않기 위해'
촛불은 짚동가리 불타오르듯
몇 날 며칠 분노를 태운다

죽창 뒤에 촛불 뒤에 도사린
매캐한 권력의 진저리나는 토악질
트랙터에 쟁기를 달고
빼앗긴 꿈 되찾기 위해

아스팔트를 달린다
이 또한 굴레의 반복에서 못 벗어나
훗날 또다시 부끄러운 광장으로 갈지라도
그래도 멈출 수 없다

신

진

1976년 『시문학』으로 등단. 시
집으로 『멀리뛰기』 『미련』 등
이 있다.

병신년 겨울 거리의 성찰

병신년 겨울 거리
시민들은 가로수 낙엽들과 함께 오체투지합니다.
도심의 뒷골목 뒤집어진 하수도 내에 코를 막지 않습니다
인부들의 해머드릴에 짜증내지 않습니다
도도도도도도, 꽁무니에 매캐한 연기 달고 달리는
배달 소년의 곡예에 욕을 하지 않습니다
코를 찌르는 담배연기에도 고개 돌리지 않습니다.
아아, 사람을 속이고 나라를 들어먹는 것들이 뻔뻔하게시리
다시 나라 걱정을 하고 국민 걱정을 하는 쇼
국가의 심장에 트럭을 갖다 대고 국민의 폐장에 매연을 쏟아
넣고
높은 줄 위에 올라타 음란한 표정의 그네를 타는
저 지긋지긋한 창조적 역발상에 넌더리가 납니다
변명을 듣느니 해머드릴 소리 들으며 잠자겠습니다
낯짝을 보느니 담배 피고 술 먹고 일찍 가버리겠습니다
지금 드릴을 들고 떨고 있는 일용직 인부인들
그따위 대통령질 하라면 못할까요?
자장 배달 소년인들 그 따위 사기치고 도망 다니지 못할까요?
뒷골목 수채인들 오토바이 매연인들 그들의 속만 못할까요?
아니, 이 병신년 세모에 우리는 그 따위 분개도 접으렵니다
인부들의 손에서 해머드릴이 떠나지 않고
배달 소년이 오토바이 곡예라도 하며 살기를 빕니다

길거리 환경 탓하고
드릴 소리에 몸을 떨며 오토바이 소리에 역정을 내던
쪼잔한 나를, 좀스런 나를 거두고자 합니다
나아가 세상의 해머드릴이 다 나와서
그것들의 낟가리를 다 뒤집어엎기를
세상의 오토바이 소년들이 다 나와서
따땃하고 떳떳한 자장면 배달에 성공하기를 빕니다
민중은 권력을 얻으려는 자에게는 하느님이 되지만
권력을 얻은 자에게는 종이 되나 봅니다
병신년의 겨울
언 땅 위에 촛불을 들고 때늦은 낙엽처럼 부서집니다
촛불을 들고 오토바이 소년의 자장면 내를 쫓으렵니다.

심
우
기

2011년 『시문학』으로 등단. 시
집으로 『검은 꽃을 보는 열세
가지 방법』 『밀사』 등이 있다.

불이 강을 이룰 때

불이 모여 강을 이룬다
우리가 흘린 눈물 말리고
지난 상처 태우고 거대한 흐름으로
강이 되어 넓은 바다로 간다
촛불과 촛불을 맞대고 온기와 온기를 전하고 불씨와 불씨를
붙여
죽은 자를 돌아오게 하고 물에 빠진 넋들을 부른다
불은 꺼지지 않는다 꺼질 수 없다
영원히 묻힐 수 없기에 가둘 수 없기에 타오른다
가슴에서 나온 뜨거운 불이다
머리를 깨고 나온 외침이다
흘러라 촛불 모여라 촛불
썩은 것을 뒤집어 쓸어버리자
묵은 것을 더러운 것을 태우고
역사의 밥 짓는 뜨거운 불이 되자
흐르는 물이 고인 물을 밀어내듯 그렇게
불이 강이 될 때
크게 숨 한 번 쉬자
눈물 나도록 웃자

안
명
옥

2002년 『시와시학』으로 등단.
시집으로 『소서노』 『나, 진성
은 신라의 왕이다』 『칼』 『뜨거
운 자작나무숲』 등이 있다.

촛불의 힘

첫눈이 내리던 날
백만의 힘보다 이백만의 힘이 더 커진다는 걸
축제가 놀이가 폭력보다 더 힘이 세다는 걸
노래가 울려 퍼지던 광장에서 알았다

어쩌다 이 지경까지 오게 되었느냐고 중얼거리다가
백만분의 한 표가 백만보다 더 강력하다는 걸
백만분의 일이 없으면 백만도 없다는 걸
광화문에서 서울역까지 붉은 강물 속에서 뭉클했다

촛불은 리더가 없고
백만 모두가 리더인 광장에서
전경이 최전선이 아니란 걸
전경버스에 꽃을 붙이던 순간 너머 의경을 보고 안다

촛불의 힘이 잃어버린 가을과 겨울을 되찾고
민주주의를
정의를 바로 세울 수 있다는 걸
밥하다 나오고 아기를 안고 나온 뒷모습에서 느낀다

내가 포기하면
꼭두각시 허수아비가 출현하는 거라고

거짓말들이 잘한 일들이 되고 마는 거라고
광장은 뜨거운 함성을 토해내는데

바람 불면 촛불은 꺼진다구요?
바람 불어도 촛불은 더 커진다는 걸
촛불이 횃불이 되고 혁명이 된다는 걸
어둠 물리며 제 한 몸 불사르는 마음마음이 일러준다

안
성
길

1987년 『지평』으로 등단. 시집
으로 『빛나는 고난』 『아직도 나
는 직선이 아름답다』 『말희의
사랑』 등이 있다.

첫새벽 새미실교 건너며

실바람에도 사금파리처럼 옹알거리던 달맞이꽃들 쉼 없이
피고 또 피어나던

지난 여름내 샘실마을 새미실교 건너 와플 같은 단내의 상안
초등 지나면

무성한 수풀 헤치고 달무리같이 요요한 몸으로 삼조를 섬기고
신라 움켜쥔

실권자 미실은 언제 다녀간 것일까 뱀눈 같은 발자국 하나
없는데

여기쯤 오면 불시에 코끝이 매운 걸 보면 왔다 가긴 한 모양인
데

세상은 소리 소문 없이 풀꽃 지듯 한로 상강도 지고 동지가
코앞인데

천년도 더 지나 순실 게이트로 나라는 온통 쑤셔놓은 벌집이
고

광화문에는 아빠 무등 탄 여섯 살짜리 계집애 이마에

좋은 나라에 살고 싶어요가 일백만 개 촛불 빛을 되쏘며 별
밭처럼 빛나는데

백성에게 희망은 가장 잔인한 환상이라던 미실의 말이

오늘 따라 내 여린 귓바퀴 개처럼 물어뜯는다 시퍼런 송곳니
박는다

닭 울기 전 세 번이나 예수 부인한 베드로 회한에 젖은 가슴속
같은

천곡 들녘 시나브로 물안개 서린 잠 벗고 실눈 뜨는데

사람 사는 마을 쪽 가뭇없는 길가 바람 한 점 없는데

수십 년 결가부좌로 물처럼 고요하던 백양나무

순백의 어깨마다 지금 서늘하고 뜨거운 숨결 무장 무장 피어 오르고

시대의 어둠 죄 태우는 저 광장의 촛불들이 환상을 넘어서 절망을 넘어서

청맹과니 내 안 미망마저 다 태우고 저리 푸르른 보폭으로 오는 것을

첫새벽 상안초등 지나 다시 새미실교 건너며 보네.

안
익
수

1972년 <독서신문>으로 등단.
시집으로 『바람은 갈대를 꺾지
않는다』『바깥』 등이 있다.

민화民火 2016+

세상 안의 그루터기야

보았느냐

알았는가

해바라기는 빛을 따라가며

얼굴이 여문다는데

누구는 주사바늘로

살결에 봄이 오더냐

탄벌리 따비밭의 아비는

산그늘을 달빛으로 업어 키운다

알다가도 모를 일

장미가시가 훈수를 두기에

그래도 안다

이름 새긴 피붙이에서

문패 없는 대문 밖까지

불씨가 일어선다

불꽃이 피는 것을

무릎을 끌어안던 촛불이

분해서 운다

북한산이여,

등짝을 때려서라도

성토의 사발을 들게 하라

한숨으로 군살이 배긴

땀의 꽃이다
빛의 목소리다
백성의 몸짓이다
옹이와 결의 통곡이다

상처의 딱지가 도진다고
함부로 떼쓴 적이 있더냐
햇볕 한 송이 피워내어
골목길의 향기로
큰 거리의 심부름으로
넘어지는 세상을 부축하며
외딴길의 작은 표지판으로 살고 싶다
떠다미는 바람을 나무라지 않으며
소낙비가 개천에 넘어질까
시간표를 들고 한 곳으로 가야 할
백성의 불씨는 함성이 되어
사람의 무늬로 피워내야 한다
촛불이 화딱지난다고
산과 들을 태우더냐
아궁이에 발길질을 하더냐
변두리 언덕을 오르며
풍랑의 아우성에도

다리 밑에는 언어가 살아가게 함이니
울안과 밖이 서운하지 않게
촛불 한 잔 나누며
옹이와 결의 노래가 되어
백성의 불이 되고야 함이다

안
주
철

2002년 『창작과비평』으로 등
단. 시집으로 『다음 생에 할 일
들』이 있다.

싸울 수밖에

어떤 비밀도 남아있지 않은 생
더 이상 감출 것도 없고
감출 시간도 턱없이 부족한 생

여기까지 살아온 것만 해도 기적일까?

하루를 더 산다 해도
일 년을 더 견딘다 해도
십 년 동안 겪을 모든 슬픔과 괴로움을
일기장에 기록하고
불안과 공포를 한 점씩 맛보며
연구한다 해도

오늘까지만 살까?
이 질문이 얼마나 오래 살아왔는지 묻지 말자
한 인간보다 오래 산 질문이
이뿐만은 아닐 것이다

오늘만 견디자
대답도 아니고 권유도 아니지만
쓸쓸하게 살아가면서 순간순간을 버티기 위한
느긋한 결심

우리 이제 더 살아봐야
슬픔도 괴로움도 새롭지 않을 거야
기쁨도 새롭지 않을 것 같아서
위로가 되지만

양
문
규

1989년 『한국문학』으로 등단.
『벙어리 연가』『영국사에는 범
종이 없다』『집으로 가는 길』
『식량주의자』 등이 있다.

하야아리랑

아리 아리 쓰리 쓰리 하야 고개
천만 촛불 횃불 되어 넘어간다

박근혜 고개는 하야 고개요
친일파 딸 고개는 감방 고개라
논두렁 밭두렁 타던 늙은 농부가 곡괭이를 내리 찍으며 하야
신작로 농로를 달리던 젊은 농부 트랙터 바가지를 치켜 올리
며 하야

유월항쟁 넘어서도 열두 고개
국정농단 나라 파탄 원수 고개

친일파 아버지 잘 두어 대통령이 되었나
친일파 딸 잘 만나서 억만금 끌어모았나
섣달그믐 산천초목 하얀 눈발 뒤집어쓰고 하야
삼봉산 딱따구리 없는 구멍 잘도 파면서 하야
하야 고개 민주 고개 넘어가자

해 뜨면 하야할거나
해 지면 감방 갈거나
달 뜨면 하야할거나
달 지면 감방 있을거나

아라랑 고개가 하야 고개라

아리 아리 쓰리 쓰리 천만 촛불
아리 아리 쓰리 쓰리 아라리가 났네

양
원

시집으로 『바다 위에 내리는
비』 『의문과 질문』 등이 있다.

겨울 장대비

대설 지나고 소한 길목
광화문 광장에 비가 내린다
흰 눈으로 가만히 덮어주기에는 아직
벗기고 씻어내야 할 게 남았나보다

겨울비를 맞으며 떨고 서 있는
겨울잠을 빼앗긴 가로수들
무수한 함성에 찢겨 나간 잎과 가지
부르르 털어내더니 단단한 뿌리로 살아난다

지난 밤을 꼬박 새운 일터의 피곤쯤이야
토막잠과 해장국으로 잊고
깃발을 걸어보자, 빛이 주르르 흘러내리는
펄럭이며 멈추지 않는 붉은 심장으로 뛰놀며
다시 오늘 밤 야근 시작 전까지는
어깨동무 광장을 떠나지 않으리라
차가운 빗물은 뜨거운 눈물이다
일과 밥은 광장에서 나오므로
멍들고 옹이 박힌 거친 손인들
네게 부끄럽지 아니하다

그런 너는 속창아리 빼주고

허물처럼 내려앉은 구중심처
넋 놓고 널브러져 있구나
한겨울 장대비가 광장에 퍼붓는다
기이한 일이로다, 탄식을 내뱉으며
낮게 드리워진 검은 장막을 뚫고
여윈 마음을 마른 풀처럼 불살라본다

왜 그랬느냐, 그 사슬 벗어나지 못하고
얼치기야 얼간이여
내 기어코 너를 한 대 후려갈기고
그만 온전히 마감하리라
분에 겨운 광장도 차갑게 식어간다

양
정
자

1990년 시집 『아내일기』로 등
단. 그 외에 『아이들의 풀잎노
래』 『가장 쓸쓸한 일』 『내가 읽
은 삶』 『아기가 살짝 엿들은 말』
등이 있다.

촛불들의 혁명

국정농단이 처음 터졌을 때
우리 국민들은 너무 놀라 할 말을 잊었지만
총체적 국가부실, 도대체 이게 나라냐
그건 이미 오래전부터 예고된 일이었다

피는 못 속이지, 도대체 어느 나라 어리석은 민중이 그렇게
당하고도
  독재자의 그 딸을 제 손으로 또 뽑았단 말인가
  이러려고 우리가 그를 대통령으로 뽑았는가 자괴감까지 들었
네
  후회한들 무슨 소용이랴, 우리 모두 너무나 어리석었다

이제 아무 힘없는 우리 민중들이 할 수 있는 일은 무엇인가
총칼이 있어야 총칼을 들지
물대포가 있어야 물대포를 쏘지
우리의 분노, 이 억울함을 도대체 어디에 호소할 수 있나
작고 미약한 촛불 하나
자신을 스스로 소멸시키며 그 힘으로 타오르는 죄 없는
고독하고 자성적인 촛불 하나씩을 들고 절망적으로 우리는
너도나도 광장에 모여들었을 뿐, 엄동설한 이 추위에
엄마와 아기들, 어린아이들, 청소년들까지도

그런데 그 미약한 촛불 하나하나가 모였을 때 놀랍게도
이렇게 커다란 기적을 이루었다!
곳곳에서 들불처럼 번지는 저 거센 저항의 행렬
한 차례, 두 차례…… 열 차례, 아니 앞으로 더
10만, 100만, 1000만의 사람들이
아니 앞으로 더 많은 사람들이 끝까지 모이리라
우리의 간절한 소망이 마침내 관철될 그날까지

세상천지 일찍이 이렇게 아름답고 심오한 촛불이 어디 있었던
가
꺼질 줄 모르는 저 아름답고 도도한 촛불들의 바다, 촛불들의
물결, 촛불들의 파도
아아, 드디어 촛불들의 하늘, 촛불들의 땅, 촛불들의 세상이
되었도다
이 나라 모든 음습한 어둠을 몰아낼 찬란한 불빛이여

웬만한 일에는 꿈쩍도 하지 않는
그러나 한번 일어서면 아무도 막을 수 없는 민중들이여
이제 무소불위 권력자들은 무서워 떨며 우리들 촛불들의 눈치
를 보게 되었다

들어라, 저 천둥 같은 성난 민중들의 함성, 외침을

보아라, 부릅뜨고 지켜보는 저 수많은 촛불들의 눈동자들을
가히 혁명을 이루리라 우리늘은!
평화롭고 질서 있는, 총칼보다 더 무서운 촛불들의 혁명을

끝까지 제 잘못을 교묘히 속이고 촛불들과 맞서는
민심을 거스르는 오만한 자들 곧 멸망하리라

촛불 이후 우리는 이 나라 새 역사를 다시 쓰게 되리라
촛불 이후 우리는 이 나라 민주주의를 다시 완성하리라

모두 촛불

오 성 인

2013년 『시인수첩』으로 등단.

혼신을 다해 바닥을 치면 칠수록 수면은 가까워져 옵니다 2014년 4월 16일로부터 멈춘 시간들 위로 겹겹이 어둠은 쌓이고 우리는 길을 잃지 않으려 서로의 손을 단단히 붙잡습니다 심장에서 심장으로 전해진 온기를 기억해요 왜 피의 냄새가 섞여있어야만 자유입니까 흙을 밀어내는 힘으로 꽃이 피듯, 자꾸만 우리를 억누르는 것들을 밀어내야만 합니다 점점 깊어지는 어둠을 끌어당기며 촛불은 더욱 거세고 뜨거워집니다 당신은, 대낮보다 뭉클하고 환한 밤을 본 적 있나요 서서히 녹아내리는 서슬 퍼런 정국 새벽이 열립니다 가만히 있으라는 잔혹한 말에 의해 가라앉은 봄을 인양할 때까지, 개돼지가 아닌 본명을 되찾을 때까지, 지루하고 혹독한 계절이 물러날 때까지 우리는 바닥을 칩니다 혁명은 더 이상 고독하지 않습니다

촛불입니다 우리는
모두, 혁명가입니다

오
영
호

1986년 『시조문학』으로 등단.
시집으로 『풀잎만한 이유』 『화
산도 오름에 오르다』 『올레길
연가』 『귤나무와 막걸리』 등이
있다.

들풀이여 일어서라

분노를 참지 못한 하늘의 뭇별들이
토요일 저녁이면 시청 앞 광장으로 내려와
고사리, 검버섯 핀 손에도
별꽃들로 피었다

부릅뜬 슬픔들이 마음의 다릴 놓고
어둠 밝힌 빛이 살 에는 눈보라에도
처박힌 진실을 캐어
행진하는 만장들

천심을 끌어안은 4월의 그 함성으로
막힌 혈을 뚫어 새 피를 돌게 하는
분노의 하얀 빛 아래
들풀이여 일어서라

2016 광화문 아리랑

옥
효
정

2014년 『시문학』으로 등단.

그곳에 촛불이 있었네 긴 어둠에 갇혔던 시간을 박차고 일어나 진실을 인양하는 빛, 분노한 촛불은 정의의 바다가 되고 파도가 되고 쓰나미가 되어 청와대로 달려가네 박근혜는 하야하라 아리랑 아리랑 아라리요

그곳에 깃발이 있었네 일제와 맞서던 독립투사의 기백으로 독재에 대항하던 민주열사의 정신으로 불의에 항거하던 정의의 이름으로 겨울 칼바람을 가르는 의연한 외침 박근혜는 즉각 퇴진하라 아리랑 아리랑 아라리요

그곳에 노래가 있었네 백만 민중이 한 목소리로 부르는 노래 전인권의 행진과 이승환의 덩크슛 양희은의 상록수가 유린당한 민심을 위로하고 격려하던 치유와 화합의 노래 헌재는 조기 탄핵하라 아리랑 아리랑 아라리요

그곳에 사람이 있었네 가장 낮은 곳에서 성탄의 거룩한 밤을 밝히는 사람들 민주의 꽃으로 피어난 우리들의 예수 우리들의 십자가 민중의 승리 최후의 그날을 위해 흐트러짐 없이 진군하리라 아리랑 아리랑 아라리요

그곳에 촛불이 있었네 깃발이 있었네 노래가 있었네 그리고 사람이 있었네

우
동
식

2009년 『정신과표현』으로 등
단. 『바람평설』 등이 있다.

2016겨울, 촛불광장 패러디 휴지통

캄캄하게 엎질러진 겨울,
한 점 빛이 되지 않고서는
한발자국도 갈 수 없었다

"18년 정치인생 2016년 병신년"
"이러려고 대통령 됐나 자괴감마저 든다."
"1588―순실순실 OK대리연설"
"순실치킨 단독 800억 원 순실의 시대"
"순데렐라 내가 조선의 국모다"
"오래 두고 같이 해먹는 영화 '비선'"
"정경유착 검은 끈"
"유신공주―그 기생충들"
"나라를 홀랑 말아먹은 내시 환관당
정계 은퇴당 주범이당 써그니당"
"구조를 하라니까 구경을 하고 지휘를 하라니까 지랄을 하고
보도를 하라니까 오보를 하고 조사를 하라니까 조작을 하고
조문을 하라니까 연기를 하고 사과를 하라니까 대본을 읽고
책임을 지라니까 남 탓을 하니 하지 않으려면 하야하라"
"길라임 난 알아요 그네를 만나기 100미터 전 "
"푸른 집 푸른 약은 고산병에 좋대"
"알약엔 하야그라/한국고산지 발기부전연구회"
"보안 손님, 주사 아줌마 들어가신다/야매정권"

"국격을 세우그라/분노해설소"

"그만 퇴근혜 청와대 비우그라"

"그만 두유豆乳 첫눈이 하야해"

"하야가 꽃보다 아름다워 하야해 듀오"

"하야가 최고의 복지다"

"나는 행진 너는 퇴진"

"230만 촛불 그네와의 전쟁

불참1, 찬성 234, 반대 56, 무효7, 헌재 8인, 대통령 9속

234명의 가可/탄핵통과"

"하야역 다음 역은 징역입니다 내리실 문은 없습니다"

"닥치고dakghigo 닭장 푸른 집 끝 푸른 옷 시작 "

"하야 정말 좋은데 설명할 방법이 없네 "

"우주의 기운을 모아서 간절히 바라면 다 이루어지겠지"

"하야만사성下野萬事成"

"2016년 사자성어 군주민수君舟民水"

차벽을 꽃벽으로 자체발광의 때

쓰레기들은 싹~ 휴지통으로 "송박영신送朴迎新"

나는 세상을 리셋하고 싶습니다*

* 엄기호의 책 제목, 창비 2016.

유
강
희

1987년 <서울신문> 신춘문예
로 등단. 시집으로 『불태운 시
집』『오리막』 등이 있다.

풍남문 광장

아내와 함께 56번 버스를 타고 갔다 아이 서넛도 이모랑 촛불
집회에 가고 있었다 광장에선 농악 공연이 먼저 시작되고 상쇠의
부포가 뽑뽑 꽃을 피울 때마다 사람들은 고함을 질렀다 잘한다,
하고 흥을 돋우기도 했다 앳된 목소리의 여고생도 익산에서
온 청년도 '박근혜 하야'를 외쳤다 종이컵 속의 촛불이 귀를
쫑긋 세우고 다시 타올랐다 중년 남자가 긴 장대에 깃발을 달고
나왔다 '닭은 닭장으로'란 글귀가 적혀 있었다 '박근혜 물러나
라' 시민들의 함성이 광장을 뜨겁게 울렸다. 건너편 은행나무
가로수엔 '박근혜와 껍데기들 감옥으로! 최순실 대통령 시대
끝냅시다!' 플래카드가 걸려 있었다 아기를 가진 아내와 나는
경기 전 근처에서 어묵과 군밤을 사먹었다 한참을 기다려 54번
버스를 탔다 버스 앞 유리창에는 '박근혜 퇴진'이라고 쓴 노란
종이가 붙어 있었다 우리는 아까 본 그 초등학생 아이들을 버스
안에서 또 만났다 그날 밤 하늘엔 보름달이 밝았지만 광장의
그 많은 사람 누구도 그걸 보는 사람은 없었다

유
경
희

2004년 『시와세계』로 등단. 시
집으로 『내가 침묵이었을 때』가
있다.

그 사람이 아직 있나요

그 사람이 아직 거기 있나요?
왜요 그 사람은 아직 거기 있으면 안 되나요?
그 사람이 뭐 잘못했나요?
그 사람은 도덕책에서 배운 대로
역사책에서 배운 대로 살아가려고 한 건데

반칙은 당신들이 했잖아

그 사람은 시장에서 싼 야채를 찾아다니고
콩나물로 어떻게 저녁식탁을 차려볼까 하는 가정주부의 남편
이고
꿈꾸는 소녀와 놀이터에서 놀고 있는 어린아이의 아버지이고
칭기즈칸이 되고 싶었던 소년인걸요

이 사람들은 당신의 국민이 아닌가요?
이 사람들을 다 죽이면 당신의 국민은 어디 있나요?
가족이 없다구요?
국민이 당신의 가족 아닌가요?
이제 싫어요 우리가 당신의 국민이기를 거부해요
당신의 공화국은 사라졌어요
우리는 자유로운 무정부주의자가 되었어요

친구를 보면 그 사람을 알 수 있다는 말이 있다
친구 1은 그 사람을 모른다고 하고
친구 2는 그 사람을 처음 본다고 하고
친구 3은 모르는 일이라고 하고
친구 4는 등 뒤에서 비수를 꽂으려고 하네

세상만사 모든 일은 황금률이죠
아무도 찾아오지 않는 감옥에 그녀가 앉아 있네요
그녀는 세상에 아무것도 준 것이 없어서 받을 것도 없죠

유
순
예

2007년 『시선』으로 등단. 시집
으로 『나비, 다녀가시다』가 있
다.

탄핵 촛불

네가 완전히 꺼질 때까지
우리는 절대 꺼지지 않아

너와 네 측근들은 하나 둘 셋……,
숫자에 불과하지만
우리는 십만 백만 천만……,
수만 수천의 민중들이야

304명을 수장시킨 그 시간에 수장은 무엇을 했는지
변명 따윈 필요 없어
성형시술을 했든 딴 짓거리를 했든 상관없어
수장이 위헌을 밥 먹듯이 했으면
녹을 먹는 사람들이 국사는 뒷전이고 뒷돈이나 받아 처먹었으
면
우리가 든 촛불들은 유유히 번지고 번져서
너와 네 측근들을 모조리 불태워버릴 것이야

너와 네 측근들이 완전히 꺼질 때까지
우리는 절대 꺼지지 않아

유
용
주

1991년 『창작과비평』으로 등
단. 시집으로 『가장 가벼운 짐』
『크나큰 침묵』『은근 살짝』 등
이 있다.

평범한 악

거기까지 갔다 왔다
세월호 얘기는 하시 말자

죽지 못해 사는 삶도 있다
죽어도 죽지 못하는 삶이 있다
죽어도 살지 못하는 삶이 있다

죽음이란 이런 것인가
깨끗하게 마당 쓸어 놓는 일인가
깨끗하게 텃밭 매는 일인가
깨끗하게 빨래하는 일인가
깨끗하게 비워놓는 일인가

마당이 거꾸로 서는 것을 보았다
아무리 게워도 맹물밖에 나오지 않았다

죽음이란 이런 것인가
멀쩡한 의사가 간첩으로 보이고
예쁜 간호사가 북에서 보낸 사람으로 보인다
머리가 시키지 않는 욕만 나온다
머리가 시키지 않는 한숨만 나온다
머리가 시키지 않는 피눈물만 나온다

시체장사한다는 놈들이 있다

가난한 학생들이 버스 타고 경주 안 가고

배 타고 제주 수학여행 가다니!

순수한(?) 유가족 뒤에 배후가 있다는 극우 꼴통이 있다

내수가 줄어들어 경제가 좋지 못하니 그만 잊으라는 빈대가 있다

시위하고 농성하는 시민들을 총 쏘고 개 패듯 패라는 진드기가 있다

이건 기본적으로 교통사고였다고 말하는 구더기가 있다

유가족을 이성이 없다거나 노숙자에 비유하고

미개하거나 거지근성으로 똘똘 뭉쳐있다고 말한다

세금 도둑으로 예산을 펑펑 낭비한 불순한 의도가 있다고 말한다

민간 잠수사 일당이 얼마고 시신 일 구당 수백만 원을 호가한다고 염장 지른다

광화문 천막은 대한민국의 부끄러운 자화상이라고 일갈한 사람은 내륙 지렁이다

세월호 인양은 돈이 많이 드니 포기하자는 둥

이번 기회에 좌파단체를 색출하여 종북으로 기운 나라를 바로 잡자는 둥

차마 입에 담지도 못할 말을 아무렇게나 한다

공영방송에 압력을 넣는 내시가 살아있는 나라다

이 급박한 싱황에서 구조된 인원과 사진을 요구하는 환관이
있는 나라다

고통 앞에 중립이 없다던 교황도 빨갱이인가

차디찬 바다 속에서 아이들이 고통스럽게 죽어가는 사이,
밥을 깨끗하게 비우고

화장과 머리카락손질, 미용시술을 받느라 일곱 시간 동안
아무 조치도 안한 대통령이 있다

통일은 대박이라더니 갑자기 개성공단 문을 꽁꽁 걸어 닫은
정신병자가 여기 있다

형광등 백 개의 아우라 같다고 눈부시게 아부했던 종편은
어디 있는가

병신 오적과 부역자들, 기레기들은 어디로 숨었는가

청와대는 컨트롤 타워가 아니라고 강변하는 쫄따구가 있다

흙속의 진주라고 극찬한 장관은 엉뚱한 말을 하다가 중간에
잘렸다

촛불 파도를 북측 아리랑 체조를 본 것 같다는 좀벌레도 있다

촛불을 보고 바람 불면 꺼지는 존재라고 읊조리는 물옴이
있다

촛불을 피울 때 나오는 성분이 어린이에게 좋지 못하다고
잘난 척하는 지네가 있다

대통령은 현장 책임자가 아니니까 놀아도 된다고 두둔한 사람
은 고시 패스한 두억시니다
국난극복을 말하는 가짜보수 늙은 너구리가 있다
자기는 도망가면서 가만히 있으라고 방송하는 선장이 있다
젖어 있는 돈을 보고 울고 있는 사람이 있는가 하면
젖어 있는 돈을 말리는 개털도 있다
단식하는 사람 옆에서 피자와 통닭, 생맥주까지 시켜놓고
폭식투쟁하는 쥐벼룩들이 있다
모든 일은 혼과 우주의 기운이 작동하여 비정상을 정상으로
만들어준다는 야차가 있다
꼭두각시 청와대에서 진정한 비선실세는 진돗개라고 말을
하는 두더지가 여기 있다

혀가 꼬인다고 얘기하지 말자
하늘을 보면 머리가 어지럽다고 얘기하지 말자
글씨가 잘 안 써진다고 어리광 부리지 말자
아이와 아내가 보이지 않고
깨끗한 길만 보인다

거기까지 갔다 왔다
세월호 얘기는 하지 말자

윤
석
주

1996년 『시와사람』으로 등단.
시집으로 『잠든 숲에 사랑을 묻
다』『해의 다비식』『지는 꽃이
화엄이다』 등이 있다.

거짓을 태우는 촛불

─2016 그해 겨울 박근혜 탄핵을 위한

참을 가장한
거짓을 태우는 촛불

저 작은 촛불
하나하나가 모여
온 누리 구석구석까지

마냥 타오르기만 했던가?

눈비 치는 겨울밤
꽁꽁 언 마음을 녹이고
가슴과 가슴으로 타오르고 있었다.

윤
석
홍

1987년 『분단시대』로 등단. 시
집으로 『저무는 산은 아름답다』
『경주 남산에 가면 신라가 보인
다』 등이 있다.

촛불은 꺼지지 않았다

광화문 광장에 서면 저 멀리 보이는
푸른 기와집엔 이상한 공주가 살고 있다
주사를 맞으며 달게 잤던 산 자와
죽은 자들 사이에 7시간의 의혹이 있다

이순신 동상 앞에 세월호 분향소가 있고
억울하게 죽은 304명의 얼굴과
구조되지 못한 9명의 엄연한 진실이
아직도 깊은 바다에 차갑게 누워 있다

물대포에 맞아 돌아가신 백남기 어르신
세월호 가족들의 질긴 투쟁이 살아있고
사람이 죽을 수도 있는 무서운 공간이자
민주주의를 배우는 현장의 배움터이다

분노와 절망으로 가득한 사람들이
화염병이 아닌 가냘픈 촛불을 손에 들고
한마음 한 목소리로 외치는 구호는
평화의 시詩였고 비폭력의 노래였다

등불을 밝혀 어둠을 조금 내몰고
시대처럼 올 아침을 기다리는 최후의 나*처럼

세상이 어두워도 촛불은 그 빛을 숨기지 않고
스스로 빛내며 정의의 횃불로 타오를 것이다

촛불이 횃불로 횃불이 들불로 번져가는
빛이 되는 문光化門 광장에서 촛불을 들고
국정 농단과 박근혜 하야를 외치며
이런 비극의 역사가 일어나지 않기를 빌었다

* 윤동주의 「쉽게 씌어진 시」의 부분.

촛불은 시작이다 __ 295

윤
선
길

2011년 『창작21』로 등단.

마중

집회에 참여하러
성남에서 형이 찾아왔다

새벽부터 떡집으로 출근해
하루 종일 떡과 씨름하느라
떡이 된 모습이었다

항상 문학을 꿈꾸다
밥 앞에선 힘을 잃은 문학도요
밥도 주권도 빼앗겨버린 국민이었다

헬조선의 깃발이 휘날리는 서울,
지푸라기 속에서 뒤져낸 진실의 보도를 한 손에,
다른 손엔 촛불을 들고
청와대 앞으로 뛰어나갔다

서울에서 나 없으면 길을 잃는다던 형이
헬조선이 걸으라 정해놓은 길을 버리고 뛰어갔다

잃어버린 아이들을 살려내고,
대통령은 하야하라는 외침으로
찬밥처럼 맛없던 어제를 뜯어내고

뜨거운 함성으로 내일을 달구는 걸 보았다

윤
임
수

1998년 『실천문학』으로 등단.
시집으로 『상처의 집』 등이 있
다.

촛불의 겨울

세찬 돌팔매로 울분을 토하고 싶었지만
망치를 들어 단숨에 깨부수고도 싶었지만
트랙터를 몰고 가서 죄 갈아엎고도 싶었지만
가슴 간신히 부여잡고 촛불을 들었다

사방팔방에서 맵찬 바람이 불어쳐도
기습 한파가 귀때기에 찰싹 달라붙어도
용천지랄하듯 눈보라가 쏴쏴 휘몰아쳐도
우리의 촛불은 더욱 거세게 솟아올랐다

오만과 독선과 농간을 깡그리 불태우고
부패와 타락과 부정을 모조리 불사르고
정의와 평등과 민주를 되살리기 위하여
너 나 할 것 없이 촛불이 되어 활활 타올랐다

이천십육 년 병신년의 겨울이었다
국민이 다시 이 나라의 소중한 주인이 되고
한 사람 한 사람이 온전하게 중심으로 우뚝 선
장엄하게 아름답고 평화로운 촛불의 겨울이었다

이
가
을

1998년 『현대시학』으로 등단.
시집으로 『저기, 꽃이 걸어간다』
『슈퍼로 간 늑대들』 등이 있다.

촛불 전언

희망의 국가가 달려온다
촛불은 어디에서 와 이 밤을 밝히는가
국민의 이름은 대한민국
오늘, 정의가 타오른다
국민의 마음이 불타오른다
천만 개의 촛불이
제 몸을 죽여 타오르는 것은
내일을 맞이하는 간절한 염원
죽은 국가를 보내고
새로운 국가를 불러들이는 것
촛불 한 개였으나
세상을 바꾸는 천만 개의 횃불을 들었다
마음계곡 희망의 꽃을 들었다
저기, 국민의 땅
대한민국의 미래
희망의 국가가 달려온다
대한민국 우리나라

이
권

2014년 『시에티카』로 등단. 시
집으로 『아버지의 마술』이 있
다.

우리 다 함께 촛불을 들었다

광화문 광장으로 촛불이 몰려들고 있다.
하나가 둘이 되고 둘이 셋이 되어
수백만 송이 꽃으로 피어나고 있다.

촛불이 다 함께 피켓을 흔든다.
촛불이 다 함께 노래를 부른다.
촛불이 다 함께 춤을 춘다.
촛불이 촛불을 바라보며 웃는다.
다 함께 웃는다.

촛불이 세월호를 이야기하며 운다.
촛불이 헌법을 이야기하며 운다.
촛불이 애국가를 부르며 운다.
촛불이 촛불을 달래며 운다.

촛불이 두 손을 모은 채 기도를 한다.
다 함께 두 손을 모으고 기도를 한다.

누구는 바람이 불면 촛불은 꺼진다 하였지만
우리는 바람에도 꺼지지 않는 촛불을 들었다.

촛불이 태극기를 흔들며 앞으로 나간다.

촛불이 구호를 외치며 앞으로 나간다.
촛불이 함성을 지르며 앞으로 나간다.

대한민국 민주주의를 위해
검은 권력의 어둠을 걷어내기 위해
우리 다 함께 촛불을 들었다.

이
기
와

1997년 〈문화일보〉 신춘문예
로 등단. 시집으로 『바람난 세
상과의 블루스』『그녀들 비탈
에 서다』『나쁜』 등이 있다.

태극의 촛불

하루 해가 왜 이리 긴가
동물의 시간이 식물의 시간 뒤에서
종종거리네

봉황의 날개를 얻은 새들은 침묵의 하늘
가장자리를 숨어 맴돌고
나라의 소문이 북채를 들고
살 들린 연주를 시작하네

단기 4349, 동토凍土의 미끄러운 계절
동물의 대기층은 불안정하여
바람이 불고 바람은 촛불의 머리채를 흔드네

태극은 나뉘기 전으로 돌아가
지극한 고요의 알로 머물 수 있을는지

담뱃가게 성자도 거문고를 들고 나와
촛불의 춤사위를 어루만지네

이
다
빈

1996년 『한국현대시30선』으
로 등단. 시집으로 『문 하나 열
면』이 있다.

다시 거리에서

등 굽은 꼭두각시 대통령이 교과서를 쓰고
재벌이 일꾼들을 사막하게 휘몰아갈 때
돈 앞에서 핏빛 절망만 되풀이하다가
검찰과 권력의 담벼락에 떨어진 희망들

청춘의 꽃이 떨어지고
민주주의 열매가 된서리를 맞았던
차가운 거리 아픈 역사가
쏟아져 내리는 불빛에 몸을 푼다

투표권 없는 16세 청소년도
80년대 민주화 거리에 차마 나서지 못했던 부끄러운 아비도
자식이 잘사는 세상을 꿈꾸는 유모차 부부도
주말마다 희망의 불꽃 피워 올린다

바람이 불면 꺼진다고 했던 그 촛불이
깊은 잠을 깨고 다시 살아올라
가난한 사람들의 마음을 데우고
활활 타올라 권력을 불사르고
다시 별빛으로 내려앉는다

이 거리는 기억한다

미군의 장갑차를 녹였던 그 촛불을
야만 권력에 짓밟힌 가난한 대통령을 구하려던 그 촛불을
거대 자본에 먹거리를 지키려던 그 촛불을
경찰에 무너진 철거민의 넋을 위로하던 그 촛불을
어둠 속에 갇힌 세월호 진실을 밝히려는 촛불을
농락당한 역사를 다시 세우려는 촛불을

이제 이 땅은
쓰러져도 다시 일어나는 억센 풀꽃들 것이니
거리의 울음들 모두 거두어서
붉은 피 방울진 노을강을 건너자
이 땅의 부끄러운 역사를 다시는 만나지 않게

이
덕
규

1998년 『현대시학』으로 등단.
시집으로 『다국적 구름공장 안
을 엿보다』 『밥그릇 경전』 『놈
이었습니다』 등이 있다.

촛불을 끌 때

나는 감히 촛불을

입으로 불어 끄지 못한다

맨손으로 공손하게

지그시 잡아서 끈다

간절한 눈빛 감겨드리듯이

이
도
윤

1985년 『시인』으로 등단. 시집
으로 『너는 꽃이다』 『산을 옮기
다』 등이 있다.

거룩한 노래

골목에서 골목으로
골목에서 광장으로
우리의 노래는 시작되었다 이미
뜨거운 꽃이 합창으로 만개한
시민의 영광은 일렁거린다 삼천리에
찬란하구나 너와 나 대륙의 바람 되어
수천 년 함성으로 다시금 여기에 거침없구나
내일이 오늘로 붉은 타오르리
꿈꾸는 내일이 오늘일 수 있도록
집에서 집으로
어른에게서 아이로
광장에서 골목으로
광장에서 광장으로
촛불에서 촛불로 세상에서 가장 큰 꽃이 된다
꽃 한 송이 저마다 온몸으로 피워내는 일
한 세상 지극한 우리의 삶이지만
꽃이 모여 꽃이 되는 것이 혁명이란다
깃발이 깃발을 만들고 노래가 노래를 만들며
너는 이제 어느 동상보다 거룩하다
모두 친구가 되어버린 광화문에서
너는 나의 노래가 되었다
멈추지 마라 한 덩어리가 된 통곡이여

내 노래가 된 별이여

이
도
흠

문학평론가.

촛불/들불

촛불이
섬으로 남지 않고
서로 그물코처럼 엮일 때
들불이 된다.

거룩한 분노 아래로
바다에서 거리에서 공장에서 죽은 자들과
어찌 남은 이들의 아픔에 대한 비천한 공감이 자리할 때
촛불은 들불로 변한다.

나란히 예쁜 품새를 뽐내지 않고
도살장 탈출하려는 황소처럼 날뛸 때
촛불은 들불로 전환한다.

저 밖의 박근혜와 그를 만든 체제는 물론,
내 안의 박근혜조차 말끔히 사를 때
촛불은 들불로 번진다.

무대보다 객석, 앞보다 뒤, 위보다 아래에 서서
열매보다 땅속줄기로 뻗을 때
촛불은 들불로 타오른다.

하여,
안에서건 밖에서건, 보이건 보이지 않건
우리의 몸과 마음을
안방처럼 공기처럼 익숙하게
얽어맸던 모든 굴레들을 사뤌 때
촛불은 비로소 새 하늘을 연다.

이
민
숙

1998년 『사람의깊이』로 등단.
시집으로 『나비 그리는 여자』
『동그라미, 기어이 동그랗다』
등이 있다.

촛불은 노랑나비다 생명의 날개다!

새벽이 온통 어둠이다 대낮이 온통 밤이다
대한민국의 하늘이 모순 권력의 칠흑 밤이다
꽃도 밤, 강물도 밤, 평화로워야 할 동해, 서해, 남해바다도
죄와 벌 천둥번개 치는 밤이다

누가 우리에게서 따뜻하고 환한 햇살을 강탈하고
누가 우리에게서 향기로운 대지의 생명을 빼앗고
누가 우리에게서 꼬리치던 물고기 떼를 죽음의 강으로 몰아넣
었느냐!

퐁당퐁당 호숫가에 물장구치며 살아야 할 젊은 원앙들이
비정규 알바의 쪼가리 시간에 갇혔다
하루치의 행복도 보장받지 못한 채
밤을 지새우며 떨고 있다

삶이 말도 아니게 밤이다!
동이 틀 시간은 언제 올 것이냐
검은 비리로 얼룩진 재벌들과의 동침만 계속하는
순실 게이트 박근혜 게이트!
그 추잡한 게이트를 찢어라!

세상을 흑막 뒤에 감추고 사드의 담벼락에

310

전쟁놀음이나 획책하는
푸른 집 대문을 부셔야 한다
촛불 촛불 촛불의 눈물!
정의와 사랑의 가슴속에 타오르는 촛불을 보아라!

김치 담던 손들이 촛불을 들었다
책을 읽던 똘망똘망 눈동자들이 촛불을 들었다
흙 속에서 양파를 캐던 거친 손 선량들이 촛불을 들었다
음매음매 젖을 짜던 소의 애비들이 촛불을 들었다
하루도 쉴 수 없이 뼈를 깎아 공장을 돌리던 노동의 형제들도
촛불을 들었다

나는 블랙리스트 시인이다
저들은 평화와 평등과 진실을 노래하는 시인에게
세월호 진상규명을 외치는 정직한 예술인에게
위안부 소녀상, 뒤틀린 역사 앞에서 통한의 춤을 추는 예술인
에게
블랙리스트라는 역설의 검은 닉네임을 선물했다

밤새 만들어낸 헛되고 날선 가짜를 사죄하여라!
음모는 차갑고 역사는 치밀하다
한때의 눈가림으로 더 이상 맑은 하늘을 왜곡할 수 없다

즉각퇴진! 하야하라! 구속하라!

촛불로 죽음의 검은 장막을 태우자
촛불로 아직도 이유 없이 잠겨 있는 세월호 그 차가운 수장의
시간을 견인하자
300명, 400명 아니 아니 억울한 모든 시간과 생명을 끌어올려
라!

우리가 꿈꾸는 세상의,
민주의 평화의 해방의 촛불날개를 달자!
세월호에서 날아오르는 노랑나비들의 생명날개!
만세를 부르자! 우리의 내일 저 옹통진 꿈을 만세 부르자!

지금 우리가 촛불을 들고 끝끝내 이 광장을 밝히고 있듯이
서로의 어깨에 자유와 사랑의 촛불을 밝히고
이 순간의 영원을 온몸으로 밝히며 살아가야 한다
우리 모두 이 시대의 이순신 장군, 세종대왕, 동학의 뜨거운
깃발이 되어야 한다

대한민국의 주인인 촛불!!

우리들의 민주주의 만세!!

이
봉
환

1988년 『녹두꽃』으로 등단. 시
집으로 『밀물결 오시듯』 『내 안
에 쓰러진 억새꽃 하나』 『해창
만 물바다』 『조선의 아이들은
푸르다』 등이 있다.

닭그네야, 너는 거기서 그네를 타렴

　　요즘 닭그네보고 그만 닭장을 떠나란다 달구새끼 주제에 그네
를 다 탄다고 꼴도 보기 싫다고 저 난리들인데 생각하기에 따라
닭그네가 잘한 일도 많다 먼저 즈그 아부지 장닭에 대한 환상을
깨준 건 참 잘한 일이다 그동안 우리 부족 늙은 언니오빠들은,
닭그네 아부지 장닭님 덕분에 배고픔에서 벗어날 수 있었다며
얼마나 그를 숭앙해왔던가 콘크리트처럼 수십 년 건재해오던
그 대책 없던 장닭 망령을 단 몇 주 만에 닭그네는 거뜬히 두드려
잡아줬다 둘째는 먹고살기 힘들고 희망도 사라져버린 부족민들
에게 밥맛을 돌게 해준 일이다 요즘 만나는 이들마다 겉으로는
화를 내면서도 무슨 일인지 얼굴엔 신바람들 가득하도다 마른하
늘에서 쏟아진 돈벼락이라도 맞았나? 참으로 요상한 부족민들
심리로다 또한 남녀노소 불문하고 부족들을 대통합하여 구국의
200만 대열에 앞장서게 해준 공로가 매우 크다

　　그러므로 닭그네야, 내려오란다고 덜컥 내려오지 말고 좋은
일 더 많이 하면서 너는 닭장 속 홰대나 움켜잡고 오래오래
그네를 타렴!

이
상
인

1992년 『한국문학』으로 등단.
시집으로 『해변주점』『연둣빛
치어들』『UFO 소나무』『톡, 건
드려주었다』 등이 있다.

광주 금남로 분수대에서

우리 땅, 희망, 눈물로 뭉쳐진
촛불 속에 환하게 살아있는
그날의 뜨거운 함성들

어깨 들썩이며 스크럼을 짜던
힘찬 노랫소리와 구호
시대의 어둠을 걷어 차내며
끝까지 나아가자던 힘찬 발걸음

끝내 지워지지 않는
부활을 꿈꾸는 날들의 별들이
아직도 끝나지 않았다고
횃불로 일어나서 외치고 외치라고

금남로 활활 타오르는 분수대 앞에
은하수처럼 떠서
밤새도록 반짝이며 흐르고 있네.

이
선
영

1990년 『현대시학』으로 등단.
시집으로 『오, 기엾은 비눗갑들』
『글자 속에 나를 구겨넣는다』
『평범에 바치다』, 『일찍 늙으매
꽃꿈』 『포도알이 남기는 미래』
『하우부리 쇠똥구리』 등이 있
다.

촛불을 켜자

할아버지, 할머니는 쉬 돌아오지 않았었다

뒤따라간 아버지도 기약 없었다

지금 눈앞에 다시 돌아올 수 있다는 걸 믿지 않았었다

우리가 든 촛불들에서 보았다,

촛불을 켜면서 식었던 육체들이 켜지고

입에서 멀었던 이름들이 되살아나고 있음을

촛불을 켜자

컵라면도 뜯을 새 없이 스크린도어를 정비하던

스무 살 청년이 거기 나타났다

촛불을 켜자

세상이 숨 돌릴 틈도 없는 거대한 기계라는 걸

너무 일찍 알아버린 열아홉 제빵 수련생이 거기 있었다

촛불을 켜자

세상 어떤 곳에서도 들어본 적 없는

거위의 꿈을 노래 부르던 보미의 목소리가 거기서 들려왔다

따뜻했다,

4월의 어느 날 배와 함께 가라앉았던 척척한 마음이

거기 불을 쬐며 옴지락거렸다

따뜻한 세상이었다,

아직 어느 누구도 소실돼 나가지 않은 땅이 거기 손에 잡힐
듯 있었다

때로 울고 때로 분노해도 같이여서 행복, 그런 세상을

우리는 켰다

이
세
방

1961년 『자유문학』으로 등단.
시집으로 『갱에서 죽은 어떤 광
부의』『조국의 달』『서울 1992
년 겨울』『걸리버 여행기』『헬
렌에게 보내는 편지』 등이 있
다.

우리 모두가 윤동주의 시였다

잊으려야 잊을 수 없다 그날 밤을
태평양 건너 지구의 반대쪽
나의 심장이 숨 쉬고 있는 조국
조국을 밝혀주던 촛불 촛불 촛불들
나는 잊을 수 없다 그날 밤을
유난히 수많은 별 별 별들을 보았다
사람은 촛불이 되고 촛불은 별이 되어
밤하늘을 자욱하게 물들여 가던
나는 잊을 수 없다 그 빛의 골짜기를.

밤하늘의 별들이 백만인지 천만인지
밤하늘에 비친 사람 사람 사람들
얼굴과 얼굴들을 비쳐주던 그 촛불들
셀 수조차 없는 사람과 촛불들은
결국 밤하늘의 별들이 되었다
은하수가 되었다 윤동주의 시가 되었다.

그날 밤 우리 모두는 그렇게 별들이 되어
차가운 밤하늘을 자욱하게 흘렀다
'죽는 날까지' 결코
빈껍데기 사람이 아닌
참사람이 되기 위하여

서로는 서로에게 사랑을 전하면서
이 시대의 바보 같은 여왕에게
우리는 우리의 진심을 받들어
삼가 사랑의 말씀을 아뢰었다.

옳고 그름을 판단하지 못하는 여왕
결국 우리 모두는 그에게 우리의
진심을 우리의 사랑을 따가운 촛불로
삼가 받들어 아뢰야 했다
우리는 그렇게 밤하늘에 비친
아름다운 우리들의 빛의 골짜기를 보았다.

잊으려야 잊을 수 없다 그날 밤을
조국을 밝혀주던 촛불들이 가슴속을
자욱하게 흘러가던 별 별 별들을
나는 분명히 보았다 사람과 촛불과 별들을
우리 모두가 밤하늘의 은하수였음을
우리 모두가 윤동주의 시였음을
'한 점 부끄럼이 없기를
잎새에 이는 바람에도
나는 괴로워했다.'

이
소
암

2000년 『자유문학』으로 등단.
시집으로 『내 몸에 푸른 잎』 『눈·
부·시·다·그·꽃!』 등이 있다.

새날

저 촛불은 그냥 촛불이 아니다
물고기 지느러미를 스쳐 지나온 묵묵한 물의 온도,
12월 헐벗은 나무, 어둠 속 물줄기를 더듬는 새끼발가락,
너른 들판, 이름 모를 풀꽃의 등을 어루만지던 부드러운 바람
이었다
가난하였으나 넝쿨손 가지 하나 함부로 내치지 못하던 여린
손이었다
순하디 순하던 저들이
검고 희어 더욱 둥글어진 눈 부릅뜨고
일제히 광화문 거리로 나온 것은
돌아갈 길 재촉하지 않고
점점이 박혀 유유히 흔들리는 것은
단단한 바위가 하찮은 풀 한 포기 품기 위해
제 살 도려내어 틈을 내어주고 어우러져 살아가듯
마주 앉아 함께 꿈꿔야 할 세상, 그
늦은 저녁 밥상을 내어놓기 위함이다

길은 비록 구부러졌으나, 저 촛불은 반듯한 희망을 향해 있다
하늘이 땅이고 땅이 하늘인 세상이 올 때까지
아궁이에 불을 지펴야 하리
살아있는, 발딱거리는, 동당대는 대한민국의 가슴으로
밥을 짓고 밥상을 차려야 하리

뚜벅뚜벅 찾아올 새날,
그 숭고하고 장엄한 노래를 위하여!

이
소
율

2012년 『시와문화』로 등단.

뜨거운 밤
—2016년 11월 26일 밤

뜨거운 눈물이 흐르는 영하의 밤
기온이 내려갈수록 열기는 더해진다
눈이 와도 촛불은 꺼지지 않는다
이백만 체온으로 덥혀진 광화문 광장
온돌이 되어 너도나도 양반다리로 앉아
목이 쉬도록 하야를 외친다
유모차 속의 유아들은 썩지 않은
우유를 달라고 옹알이를 한다
엄마, 아빠들은 그러겠다고 다짐을 한다
부모 손을 잡고 나온 초등학생들은
아직도 대통령 하냐고 물었다
부모들은 죄인처럼 그렇다고 한다
뜨거운 눈물이 흐르는 뜨거운 밤
푸른 집만 괴괴하게
푸른 침묵이 흐르고 있다
벽창호들이 둘러싼 벽은 우르르 무너지고
민중의 목소리로 세운 꽃담이 세워지고 있다

이
송
희

2003년 <조선일보> 신춘문예
로 등단. 시집으로 『환절기의
판화』 『아포리아 숲』 『이름의
고고학』 등이 있다.

붉은 문

닫힌 길 밖으로 길은 또 이어졌다
몇 개의 붉은 말들이 담을 넘고 벽을 차고
길과 길 가로지르며
고삐를 당겼다

줄줄이 늘어선 붉은 길이 움직였다
문고리 걸어 잠근 푸른 기와집 앞에서
광화문 붉은 언어가
길이 되고 문이 된다

이
영
광

1998년 『문예중앙』으로 등단.
『직선 위에서 떨다』『그늘과 사
귀다』『아픈 천국』『나무는 간
다』 등이 있다.

촛불

나는 나를
백만분의 일로 줄일 수 있다
그래서 이렇게,
거대해질 수 있다

분노는 내가 묻는 것이다
슬픔은 내가 잊는 것이다
사랑은 내가 믿는 것이다
싸움은 내가 받는 것이다
해방은 내가 없는 것이다

나는 일어선다
나는 타오른다
나는 물결친다
나는 나아간다

나는 모든 죽음을
삼켜버린다

이
영
수

1998년 『문학동네』로 등단. 시
집으로 『나는 안경을 벗었다 썼
다 한다』『고양이 속의 아이를
부탁해』『깊어지는 건물』 등이
있다.

거리에서 말하다

첫눈 내리는 거리에서 말하다
꺼질 듯 밀 듯 되살아나는 촛불 아래서 말하다
불길처럼 온 도시를 흘러가며
슬픈 고래의 울음소리로 말하다
누군가 귀를 열고 알아들으라고 말했다
꽃 스티커를 경찰버스에 붙이며
아직도 푸른 바다 밑이라고 말했다
누군가가 푸른 고래의 울음소리와 촛불의 의미를 몰라
북한산이 다 울리도록 다시 말했다
광화문 이순신 동상 아래서 목이 다 쉬도록 말하다
이제야 백만 대군 이끄시고 휘몰아쳐 가시라며
건네는 촛불마다 따스했다고 말했다
봄날이 곧 오리라 다시 거리에서 말하다

촛불을 끄다

이
원
준

1991년 『현대시세계』로 등단.

자칭 여주라던 정순왕후
순조 3년(1803) 12월 정치일선에서 물러난다고 밝혔다
곳곳에서 일어난 불 때문에
평양부 함흥부에서 발생하더니 한성부 창덕궁 선정전도 화염
에 휩싸였다 부랴부랴 진압한 닷새 후 운종가 보신각거리로
큰 불이 뛰어가자 민심은 더 흉흉해졌다
궁궐 안 사대문 밖 먼 지방이라도 불은 자질부족이나 국운이
다해 벌어지는 일로 여겼기에 민란의 시작도 대부분 횃불과
방화였기에
정순왕후가 모두 자기 탓임을 인정했다
"백성이 곤궁에 처하고 조상이 해이해지고 세도가 안정되지
못한 것도 내 허물이로다 이에 서북에서 며칠 새 불이 잇달아
났으며 지난달에는 사고가 타버렸다 수백 년 임금들이 조회하던
정전마저 순식간에 잿더미가 됐으니 부덕한 몸으로 자리에 너무
연연해서다 오늘로……."

서울광장 광화문 광장 전국에서
민심으로 밝혀 비와 눈발 아래서
한겨울에 부역하는 바람 속에서도
처음처럼 의연히 타오른 천만
염원 앞에 분노를 끄려 한다
우리의 역사를 켜려고

이
위
발

1993년 『현대시학』으로 등단.
시집으로 『어느 모노드라마의
꿈』 『바람이 머물지 않는 집』
등이 있다.

BLUE-WON-DOLL

저녁 밥상을 물리다 갑자기 숟가락으로 상을 내리치던
여든 넘은 어매가 텔레비전에 눈을 붙인 채
"저것들 누가 안 잡아 가고 저래 처 내삐리 두노……"
씹는다.
나그네는 쉬어간 그늘을 기억하지 않듯이 어매도 지난
선거 때 그네를 찍은 것을 기억하지 못한다면
"내가 니들한테 그네 찍으라고 한 게 천추의 한이 된다"라는
말은 하지 못했을 것이다.
물은 배를 띄우기도 하지만 삼키기도 한다는 그 진리를
BLUE-WON-DOLL의 미친 농단에 어매가 똥 씹은 얼굴로
뱉는다
"하늘과 땅을 맷돌로 만들어 저것들 싸그리 갈아엎어 버리
고…… 내가 뒤져야지……"
새벽에 뜬 촛불 같은 별빛도 서릿발 같은 허연 논 두덩에
새싹처럼 다가와
박힌다

이
윤
하

1992년 『한길문학』으로 등단.

진홍가슴새의 전설
—라게를뢰프의 동화 「진홍가슴새」를 읽고

서로 기대어, 불꽃이 핀다.
꽃등인 양 점 점 점
차디찬 돌바닥 광화문 거리에
가시 박힌 잿빛 새 한 마리 들어
겨울 동백 숲으로 무성하게 점등을 하고.
다시 광화문 광장에서
날지 못하는 새여
목 놓아 울지도 못하는 새여
숲으로 돌아가지 못하는 새여
가시 박힌 진홍빛 새가 되어
가슴을 태워 촛불의 숲으로 서고.

서로 기대어, 불꽃이 일렁인다.
날갯죽지 꺾은 새 한 마리 들어
사각형 대열로 전진을 하고.
제 스스로 목울대를 자른 새는
광장의 어둠을 사위어
후끈거리는 해 하나를 건져 올린다.
다시 광화문 광장에서
가시관을 쓴 민주주의여
붉은 꽃울음을 틔우는 동백이여
밤새 돌아가지 못하는 촛불이여

광장을 떠받치는 골목골목이 되어
함성을 키워내는 선홍빛 풍랑으로 서고.

광장이 피어난다.
미래로 가지 못하는 거리에서
어린 새들은 스스로 쪽배를 띄우고
응고된 피울음을 꺼내들고
목울대에 불꽃으로 피워낸다.
종이컵만큼 어둠을 나눠어 들고
차벽을 넘어 겨울을 사른다.
가시면류관을 쓴 채
서로 기대어, 불빛을 건네주는 이들은
훈장처럼 진홍가슴새처럼
진홍빛 가슴을 달고 있었다.

이
은
봉

1984년 <창비신작시집>으로 등
단. 시집으로 『내 몸에는 달이
살고 있다』 『길은 당나귀를 타
고』 『책바위』 『첫눈 아침』 『걸
레옷을 입은 구름』 『봄바람, 은
여우』 등이 있다.

광화문 광장에 뜨는 별들

별들은 하늘에만 뜨는가 아니다 땅에도 뜬다
광화문 광장에도 백만 개의 촛불별들은 뜬다
은하수처럼 샛노랗게 빛나는
광화문 광장의 저 밝고 환한
촛불별들을 보아라 씩씩하게 행진하고 있는 촛불별들을
깃발을 치켜들고 우르르 몰려 나가는 촛불별들을
보아라 저들이 부정부패를 밝히고 있다
국정농단을 밝히고 있다
남대문에서 효자동까지, 종로에서 신문로까지
박근혜 탄핵, 박근혜 하야, 박근혜 퇴진
허리와 어깨, 목과 이마, 피켓을 꽂고 메고
주먹 불끈 쥔 채 소리쳐 외치는 벅찬 촛불별들을 보아라
어둠을 밝히고 있다
새벽을 만들고 있다
멋지다 대단하다 굉장하다 자랑스럽다
내일을 만드는 광화문 광장의 촛불별들
역사를 만드는 시청 광장의 촛불별들
평화의 꽃이다 자유의 잎사귀다 민주주의의 열매다
광화문아 남대문아 동십자각아 야야, 대한민국아
어떻게 들뜨지 않고
어떻게 흥분하지 않고
너희들 촛불별들과 함께 하랴

330

세월호 천막을 돌아, 이순신 장군 동상과 세종대왕 동상을
돌아
출렁이는 한강물 되어, 금강물 되어, 낙동강물 되어
청와대를, 북한산을 향해 치달려 나가는 촛불별들아
광화문 광장을 갈아엎는
한반도 전체를 갈아엎는
우리들 촛불별들은 희망이다 꿈이다 순수다 진실이다 빛이다
한겨울에도 새파랗게 크는 이 나라 새싹들이다.

이
인
범

2002년 『시와사람』으로 등단.
시집으로 『달빛자국』이 있다.

옷깃에 달아요 꽃을

촛불에 비추인 당신 꽃이네요
환하게 빛나며 아름다워요

가슴에 숨겨 우리가 그렇게 아름답고
추상같은 불꽃들을 간직하고 있었나요

그런 줄도 모르고 우린 모두 외따로이
분노를 삭이며 목메어 부르며 부앗김에
먼먼 다른 나라를 꿈꾸기도 하였지요

꽃의 향기는 빛과 바람에 스며
혁명의 기운보다
이념과 선악의 완력보다
강인하고 섬세해요

우리 함께 광장으로 내려서요 어둠을
바라만 볼 수 없는 악취를 비우고
촛불을 켜요 외쳐요 춤을 추어요

(이제 와 촛불 들고 울부짖는 것으로 앞서 죽어간 수많은
피눈물의 영혼들을 잊으려 해서는 안 된다 이제 나는 어깨 걸어
물결 되어 어떤 순간엔 죽음의 문턱까지라도 함께 가야 한다

나의 무관심과 비겁과 천박함을 참회하기 위하여)

이젠 꽃을 가슴에 숨기지 말아요
옷깃에 달아요 꽃을
우리 모두의 손가락이 가리키는 곳은
저 하늘도 펄럭이는 깃발도 아니지요

우리들 가슴에 숨겨 간직해온 불꽃들
옷깃에 피어날 가지가지 꽃들 색색의

이
재
무

1983년 『삶의문학』으로 등단. 시집으로 『섣달그믐』『벌초』『몸에 피는 꽃』『위대한 식사』『푸른 고집』『저녁 6시』『경쾌한 유랑』『슬픔에게 무릎을 꿇다』 등이 있다.

장엄한 촛불이여, 명예혁명의 교과서여!

촛불은 비상하는 노고지리다

촛불은 풀잎이다

촛불은 꽃이다

촛불은 별이다

촛불은 첫눈이다

촛불은 고해성사다

촛불은 절벽을 뛰어내리는 폭포다

촛불은 피다

촛불은 묵은 땅 갈아엎는 쟁기다

촛불은 새로이 역사를 쓰는 백만 자루의 붓이다

이
정
숙

1996년 『민족예술』로 등단. 시
집으로 『길을 떠나면』이 있다.

광장의 촛불은 꺼지지 않는다

광장의 촛불이 분노로 일렁인다
목이 터져라 함성을 지르고 구호를 외치고
첨 보는 사람들과 삼삼오오 어울려 토론도 하고
한곳으로 행진하며 이야기꽃을 피우면서
가슴속 저 깊은 울화를 촛불의 바다에 풀어놓는다

서로가 상처 입은 마음을 보듬어주며
거침없이 드러낸 풍자와 해학으로
속고 속았던 지난날이 부디 되풀이되지 않기를
한마음으로 눈물을 흘리며 밤새 뛰어오른다.
간절함으로 하나 되어 촛불을 켠다.

어른도 아이도 청년도 학생들도
모두가 일렁이는 촛불 하나 밝혀든다
하나가 꺼지면 열 사람이 붙여주고
열이 꺼지면 백 사람이 붙여 횃불로 타오르며
강풍에도 꺼지지 않는 끈질긴 촛불이 된다

정치는 삼류, 국민은 일류인 촛불의 광장에서
비폭력 국민들이 목청껏 외치는 한목소리는
썩어빠진 정치, 꼭두각시 공주의 오직 하야, 퇴진뿐
참을 수 없는 수많은 '내'가 한자리에 모여

바뀔 때가 된 세상을 환히 밝히는 촛불을 켠다

이
제
향

2004년 『시세계』로 등단.

촛불의 봄

앙상하게 서 있는 나무가
살아있다는 것을
새봄이 되어서야 안다

조용히 침묵하던 우리가
살아있다는 것을
촛불이 켜지고 나서야 안다

바람이 말해주지 않아도
어둠이 답해주지 않아도
누구나 다 아는 사실을

그네들만 모르고
그네들만 외면해

온 천지가 봄을 기다리게 한다
온 나라가 촛불을 들게 한다

빛이 뜨거워지면
싹이 돋고 꽃이 핀다는 것을
희망이 나고 세상이 변한다는 것을

세월의 주름 속에
꼭꼭 갇혀 사느라
오랜 진실을 다 잊어버렸나 보다!

이
종
수

1998년 <조선일보> 신춘문예
로 등단. 시집으로 『자작나무
눈처럼』『달항지』 등이 있다.

광장에서

광장의 언어는
침묵보다 더 배운 게 없었다
그렇지 않습니까?가
다였다
스스로 배신하고
언제 다시 배신당할지 모르는,

따뜻한 분노로 자기검열마저
엎어버리고서야
광장에 고립되지 않는
여럿이 홀로 대화하는
광장의 언어를 배우고부터
우리는 알았다

옆에
앞에
뒤에 있는
사람들
어디 사는
누구
어디 나온
누구

가리지 않고
나이와
성을 떠나
걸음마를 배우고
함께 쓰는 민주주의임을

촛불의 죄목이라면
촌철살인죄
죽여 마땅한 것들을 죽이는
광장의 침묵이
칼이요 촛불임을

이
중
현

1987년 『소설문학』으로 등단.
시집으로 『물끄러미 바라본 세
상』 『아침교실에서』 등이 있
다.

목숨의 꽃불

속울음 우는 촛불 들고
광화문 광장에 섰다.
여전히 불륜으로 건축된
모난 정부종합청사와 미국 대사관
살찐 언론의 빌딩 사이
4·19 혁명의 붉은 목숨
6·10 항쟁의 불타는 목숨
오늘 백만의 불꽃,
면면한 목숨의 꽃불을 본다.
너와 내가 만나 부싯돌이 되고
우리 몸을 태워 경작한 촛불
너울거리는 붉은 함성으로 꽃필 때
하늘에는 목마른 영혼들,
별이 된 아이들 되살아나
어깨 겯고 함께 출렁인다.
한없이 맑고, 뜨거운 눈물 모여
불꽃의 강으로 굽이친다.
골목마다, 거리마다 스멀거리는
곰팡이, 하수구 냄새 씻어내며
삶의 한복판에서 돋아나는
어둠의 독버섯 태우며 흐르고 흘러
새살 돋는 치유의 바다

붉은 역사의 파도로 일어선다.

이
지
담

2003년 『시와사람』으로 등단.
시집으로 『고전적인 저녁』 『자
물통 속의 눈』 등이 있다.

겨울 불꽃나무

무녀의 춤판에
강추위가 온 나라를 덮쳤다
손들이 서둘러 불꽃나무를 심었다
호호 입김 불어가며
무서리를 뚫었다 뿌리는 번지고 번져
심지를 세운 나뭇가지에는 불꽃이 피었다
아이꽃 엄마꽃 아빠꽃 할머니꽃 할아버지꽃
그리고 학생꽃 농민꽃 노동자꽃도 모두모두 피었다

광화문 광장에 뿌리 내린 불꽃나무
바람 불고 눈발 날리고 다시 어둠이 밀려와도
노래로 살아나 퍼포먼스가 되고 스스로 산타가 된 불꽃

제주도에서 강원도까지
동쪽에서 서쪽까지 천지사방에서 피어났다
손에 손을 잡고서 횃불처럼 타올랐다
긴긴 겨울을 밀쳐내려고
불꽃나무에서 날아오른 불씨들 가슴에 박힌다

세계 어디에서도 본 적 없는 거대한 불꽃나무
일상의 자잘한 나뭇잎은 떼어 내고
무녀의 그림자를 태우며

불꽃은 여전히 피어오른다
오늘도 또 오늘도 다시 오늘도

이
지
호

2011년 『창작과비평』으로 등
단.

광장의 빛

빛들의 함성이 모여 있는 광장
빛 한 덩이가 꺼지면서
검은 어둠이 터져 나왔다
단 한 번의 침묵을 위해
빛을 키워온 컵과 액정이 호흡을 멈춘다
어둠도 모이면 날카로운 소리를 가진다

경찰차벽 울타리에 꽃들이 매달려 있다
상식과 예의가 만든 슬픈 벽
끌어 모은 둥근 빛이
울타리의 고요를 관장한다
울타리를 지키는 따끔거리는 소리
몰입되어 있는 거리의 빛
바람의 연주가 키우는 빛의 소리가 가득하다

황홀한 저항시
광장의 빛

이
진
욱

2012년 『시산맥』으로 등단. 시
집으로 『눈물을 두고 왔다』가
있다.

친애하는 나의 적에게

횃불이 올랐다
이순신 장군이 서 있는 광화문 광장에 이르러
도륙 맞은 민주주의를 되찾기 위한 분노의 횃불로 타올랐다

당신들이 말했다
우리를 가리켜 개돼지라고, 흙수저라고, 블랙리스트라고
역사는 국정이라고, 단순사고라고, 가만있으라고……

요동치는 가슴이 시키는 대로 먼저 달려와
두려움도 쩔쩔맬 것도 없이
주름진 손, 조막손, 쌀을 씻던 손과 펜을 쥐던 손이 하나의
불기둥으로 뭉치고 뭉쳐
이제 우리가 나서서 대답한다
맥락 없는 무능과 불통, 반역의 역사로 가득한 당신을 향해
시대를 역행하는 자는 결코 아니라고
처음부터 아니었다고, 진짜인 척 앉아있는 가짜라고, 당장
내려오라고
광장을 넘고 한반도에서 하나 된 촛불로 절규한다

나의 적이 퇴진할 때까지 내 심지가 횃불이다

이
철
경

2011년 『발견』으로 등단. 시집
으로 『단 한 명뿐인 세상의 모든
그녀』 『죽은 사회의 시인들』 등
이 있다.

마지막 공중부양

국정농단과 문화예술계 블랙리스트는
극소수의 이기적인 사이코패스 발상이다
국가를 책임지고 잘 이끌어 가야 함에도
주변의 도적과 신경증 환자에 둘러싸여
국가적 위기를 조장하고
세월호 참사를 불러왔다.
시민혁명의 촛불로 탄핵에 몰렸으면
반성하고 참회의 눈물을 흘려야 하거늘,
국가안전을 볼모 삼아
끝까지 버티는 저 푸른 기와집 위정자는
도무지 내려올 줄 모른다
나라의 중책을 위임받아
쥐새끼마냥 곳간을 야금야금 갉아먹어도
이해하고 애써 외면했다
이제야 내 손가락을 지지면서
다시는 국격이 떨어지는 몰상식한
국민이 되지 말자 외쳤건만,
여전히 무뢰한에게
한국호 운명을 맡겨야 함에 자괴감이 든다
당신은 길라임보다 낫고
백설 공주보다 순수한 인간이 될 수 있었으나
지금의 몰골은 골룸보다 못하다

그대의 삶이 평탄치 않음으로

깊은 산속에 들어가

조용히 앉아 참선하며

18년 독재를 뛰어넘을 정의를 생각하며

기도하길 원했다

그러나 당신은 악수惡手를 거듭하여

풍랑의 소용돌이에 휩싸이고 말았다

헌재 판결 전에,

완벽하게 추락하는 불새가 되기 전에

당신의 하야를 촉구한다

지금 당장 하야를 촉구한다

그것만이 살 길!

그것만이 최상의 선택임을 잊지 말기 바란다

그것이 닭의 마지막 공중부양

2016년이여, 촛불로 환하게 증명한 해여!

이
하
석

1971년 『현대시학』으로 등단.
시집으로 『투명한 속』『김씨
의 옆일굴』『우리 낯선 사람
들』『녹』『것들』『연애 간(間)』
『천둥의 뿌리』 등이 있다.

내가, 스스로를 촛불로 켜듭니다.
당신도 곁을 촛불로 켜들고 날빛을 쬐이주네요.
우리가 함께, 사방팔방 엮어내는 게
이 따뜻한 불의 울타리입니다.

새삼, 촛불 켜든 곳이 세계의 중심인 것입니다.
그러므로 내가 드는 촛불은 비로소 화평의 씨앗!
그것은 바로, 기꺼이, 함께 서려는,
사회적 통합과 정의의 심지의 열망으로 탑니다.

물론, 캄캄하게 수장된 우리 아들딸들도
이 불빛으로 환하게 건져 올리려 합니다.
내 몸이 녹는 뜨거운 눈물이어야 내는 빛!
스스로를 태워 밝히는 희생으로
수장된 우리 삶을 건져 올리려 합니다.

당연히 우리 모두 촛불 든 사람으로 엮여
무법과 무식, 불의와 불안을 밝힙니다.
새로운 국가, 민주사회를
저를 켜고 서로 밝혀 쬐는 연대로
환히 열어 제칩니다

2016년이여, 촛불로 환하게 증명한 해여,
촛불로 국정농단의 어둠, 불신의 어둠, 불의의 어둠을 지웠기
에
새해는 그 곧은 심지에 불붙이는
자기희생의 힘과 사랑과 상상력의 꿈으로
당당하게 전망됩니다.

이
한
열

1997년 『시와시론』으로 등단.
시집으로 『사랑이란 함께 낯선
풍경을 바라보는 일이다』 등이
있다.

분노의 가슴에 밝힌 촛불

푸른 기와집을 둘러싸며
국정을 어지럽힌 세력들은
거리의 광장에서 밝힌 촛불이
이백만이라는 숫자에 조금 안도했을까
바람이 불면 소리 없이 꺼진다고
기대하고 있었을까

그랬다면
민족의 여정에 어둠을 밝힌
촛불의 마음을 너무 몰랐거나,
서푼어치도 안 되는
권력을 끝까지 믿었기 때문일 게다

민심 속으로 들어가면
도심의 광장엔 가지 못했지만
분노가 쌓인 가슴에 밝힌 촛불은
이천만도 훨씬 넘었다는 것을!
바람이 불어도 꺼지지 않고
옆으로 옮겨 붙어 횃불이 되고
들불로 누리로 번져나가리라는 것을!

침묵을 만지작거리던 노인들도

동네어귀 정자에 둘러앉아
향수에 젖어
연민에 젖어 투표했던
손가락을 잘라버리고 싶다고
후회의 담배연기를 연신 뿜어댄다
썩은 여의도의 틀부터 갈아엎는
사즉생의 각오로 바둑판을
새로 짜야 한다면서 언성을 높인다
나라와 결혼했다는
허상의 치마폭에 엎드려
부패의 뒷거래로 부(富)를 쌓은 재벌들
몇 개쯤은 파산 시키더라도
제대로 된 길을 찾아가는
횃불이 되어야 한다고 울분을 토한다

거리에서나 직장에서나
한마음의 촛불로
지금 어둠을 밝히지 않으면
다시는 나아갈 수 없다고,
이 겨레의 바람이
꺼지지 않는
촛불혁명으로 이뤄져야 한다고

결기의 불을 붙인다.

이
향
지

1989년 『월간문학』으로 등
단. 시집으로 『구절리 바람소
리』 『물이 가는 길과 바람이 가
는 길』 『내 눈앞의 전선』 『햇살
통조림』 등이 있다.

거울도 안 보는 여자

난파선인지 난파당한 나라인지 원인조차 몰라
떨면서 촛불에게 묻는다

아니라고 하면 아닌 것이 되는 단계는 이미 지난 것 같은데,
거울도 안 보는 여자!
얼굴 거울 말고 마음 거울
잠들기 전에 잠시 잠깐씩이라도
얼굴 매만지듯 세상 아픔 고루 매만지며 살았더라면,
반성하기에도 후회하기에도 늦은 것 같다

꿈 깨고 촛불 앞으로 맨발로 나오라
너 하나로 인한 손실이 얼만가

위선과 오만과 독단으로 무능과 무책임을 덮으려 한 잘못

깨닫기 전에 눈이 와서
한 달 두 달 기다려도 눈이 그치지 않아서
풀잎 같은 입술로 미안합니다 잘못했습니다 못 들어서
무릎을 어떻게 꿇는지도 모르는 허수아비 끌어내리려고
칠십 넘은 노파 나도 촛불을 들었다

전쟁과 가난과 분열의 대물림 속에서 근근이 일어선 나라

이 깜짝 풍요를 너희만의 업적으로 삼고 가르치려 하다니
조작하기에는 산 증인 산 증거 너무 많지 않으냐

등잔불과 촛불로 어둠을 밝히던 때를 나는 기억한다
그 등잔불 그 촛불로 눈을 뜬 자식의 자식들이 글로벌 세계를
이끌고 있는데,
시계바늘을 거꾸로 돌리려 하다니!
숨을 곳이 없다, 투명하지 않으면 누구든 살아남을 수가 없다

네 눈썹 속에 숨겨둔 이가 네 콧등을 간질이는 광경을 보라

이
혜
수

2012년 『시와시학』으로 등단.

촛불꽃

대한민국헌법
제1조 1항: 대한민국은 민주공화국이다
제1조 2항: 대한민국의 주권은 국민에게 있다
모든 권력은 국민으로부터 나온다

상식이 통하는 나라에서 살고 싶다
일한 만큼 노동의 대가가
정당하게 지불되는 나라에서 살고 싶다

제 살을 태워 어둠을 밝히는 촛불들
남녀노소 손잡고 거리로 나선다
광화문 광장, 세종로, 청운동 따라
촛불들의 강이 춤추며 출렁인다
허공중에 촛불들이 파도를 탄다
국민 주권의 시대가 용솟음친다

친일 독재 반역의 역사를 청산하고
국민들에 의한 새로운 역사를 알리는
촛불들의 염원이 방방곡곡 들불로 번진다
세상에서 제일 아름다운 꽃
촛불꽃이 대한민국을 환하게 밝힌다

"대한민국은 민주공화국이다
대한민국의 주권은 국민에게 있다
모든 권력은 국민으로부터 나온다"

임
미
리

2008년 『열린시학』으로 등단.
『물고기자리』 『엄마의 재봉틀』
『천배의 바람을 품다』 등이 있
다.

사랑하는 광화문 앞

먼 길 걸어 광화문에 도착했어요.
우리가 사랑하는 광화문 앞,
사람들이 모여 촛불을 들고 있어요.
어두운 빛 사이에서 그녀는 그네를 타요.
그네의 줄 영원히 끊어지기 전에
이제 그만 내려오라고 소리치는데
못들은 척 그네는 하늘을 올라가요,
높이 더 높이 오르고 또 올라가요.
사람들은 아이들의 손을 잡고
촛불 속에 간절한 기도를 담아요.
떠날 줄 모르고 이어지는 행렬들 사이로
그 많은 얼굴들, 착한 얼굴들이 외쳐요.
이제 그만 그네에서 내려오라고,
아침이 되면 새 아침이 되면 오늘은 이루어지리라.
열기 가득한 광화문 앞, 우리는 전진해요.
천진난만한 아이들의 눈을 가리지 말라고요.
사랑하는 광화문 앞, 새날이 밝았으니
오늘은 새 날을, 새 역사를 쓸 거예요.
이제 그만 내려와요, 저만치 물러서요.

임
성
용

1992년 『삶글』로 등단. 시집으로 『하늘공장』 『풀타임』 등이 있다.

박근혜는 청와대에만 있는 것이 아니다

박근혜는 청와대에만 있는 것이 아니다
일찍이 푸른 창공을 나는 노고지리의 자유를 노래했던 시인은
삼팔선은 삼팔선에만 있는 것이 아니라고 했다

박근혜가 사라지면 청와대가 사라지는가
삼팔선이 사라지면 우리들 가슴에 가로놓인 삼팔선도 사라지는가
박근혜가 사라지면 그것으로 권력의 부조리와 음모와 부패가 사라지는가

나는 민주주의와 선거라는 허구를 믿지 않는다
내가 속한 단체의 대표자가 무슨 자격이나 기준으로 선출되는지 모른다
누군가와 그 누군가가 모여서 끼리끼리 누군가를 내세운다
누군가 거짓말 잔치를 벌이고 달콤한 입김으로 결정한다

간혹 무능한 회장이 물러나기도 하지만
그렇다고 누군가 회장님을 함부로 건들지는 못한다
회비 납부를 독촉하고 권리보다는 의무를 더욱 강조한다

박근혜가 사라지면 사람들은 금방 돌아서서 박수를 치고
어떤 망각의 길을 엉거주춤 서성거리다 웃으며 헤어질 것이다

청와대는 그대로 있는데, 우리 동네에도 있고 상가번영회에
도 있고
학교에도 공장에도 세상 어디에나 그대로 있는데

임

윤

2007년 『시평』으로 등단. 시집
으로 『레닌 공원이 어둠을 껴입
으면』 『서리꽃은 왜 유리창에
피는가』 등이 있다.

촛불의 고해

나는
어둠을 자양분으로 성장하는 불씨
한 점 불티로 태어나
가창오리 떼처럼 수많은 눈이 밝아지면
해 질 녘, 중심 없는 중심을 이루어 군무를 춘다
기류를 따라 흐르는 자연스러운 춤사위가
한 치의 오차도 허락하지 않는 이유는
어둠을 배경으로 그 중심은 불타고 있기 때문이다
촛불이 번지는 건 바람 때문이 아니다
등 곱은 손을 비비며
건초처럼 바싹 말라버린 갈증과
피눈물보다 더 고통스러운
피고름을 저마다의 가슴에 달고 살아가기 때문이다

나는
비정상이 정상인 나라를 배경으로 타오른다
세월호를 교통사고라 빗대는 내시와
꼭두각시놀음에 빠진 권력
친미 친일의 세습을 이어가는 환관
정경유착의 더러운 자본
노동자의 피땀을 착취하는 재벌
진실을 왜곡한 역사 교과서

굴욕적인 위안부 합의와 사드 배치
사대 강을 초토화시킨 미치광이
언제 폭발할지 모르는 핵발전소
비정상이 정상처럼 보이는 이 땅에서
부릅뜬 심지를 켜고 밤새 불을 밝히는 것이다

나는
거센 비바람에도 꺼지지 않을 것이다
협박과 고문
물대포에도 아랑곳하지 않을 것이다
아이들의 미래를 위해
청년들의 희망찬 일자리를 위해
민중을 개돼지로 여기는 자들의 소멸을 위해
정직하게 살아가는 서민과
노동자, 농민, 비정규직의 인간다운 삶을 위해
무엇보다도 간곡한 이 땅의 민주주의를 위해
한 몸 거침없이 불사를 것이다
그리고
갈망의 눈동자가 광장을 가득 메운
횃불보다 더 밝은 촛불의 군무 속에서 타오를 것이다

임
채
성

2008년 <서울신문> 신춘문예
로 등단. 시집으로 『세렝게티를
꿈꾸며』『지 에이 피』 등이 있
다.

하지, 광장

수만 개 촛불 앞에선 어둠도 길을 튼다

바람 불면 흔들리는 부끄러운 도시 앞에
빠르게 별이 내리듯
점묘화로 이는 불꽃

골목골목 톺아가는 비브라토 통성기도

밤을 건넌 사람들의 불그레한 눈빛 너머
사태진 네거리 복판,
아침은 또 연착이다

아스팔트 깨진 틈새 언제쯤 꽃이 필까

먹장구름 비를 몰아 긴 장마 예보할 때
잡초들 젖은 울음이
100℃로 끓고 있다

장
상
관

2008년 『문학선』으로 등단. 시
집으로 『결』이 있다.

불삽

꽝꽝 얼어붙은 어둠
온몸으로 퍼내는 불꽃이 운다

울음이 방면하는
뜨거운 눈물,
더 깊은 울음 퍼 나르지 못해 굽이치는 강이다
강이라면 저렇듯 흘러야 하고
불꽃이라면 저렇듯 질겨야 하리

캄캄하게 떠도는 발길 터주지 못해
일렁이는 눈을 보라
눈망울 뒤에 숨어 흔들리는 불꽃을 보라

뜨거운 삽날 쨍 부딪치는 소리
오래 들여다보고 있으면 아득히 물결치는 통곡
등줄기에 돋은 소름마다 환하게
옮겨 붙어 떤다

퍼낼 암흑이 없는 촛불은 더 이상 삽이 아니다

탄층을 파내는 한 촉 불빛이
몸속 겹겹 쌓인 그늘까지 다 퍼내야만

사라진다, 홀연히

장
수
라

2010년 『시와문화』로 등단.

촛불을 피운다

한 방울의 사리로 꽃을 피운다

차디찬 등줄기를 세워 불을 당기면 풀어지는 꽃잎이다

우두커니 그대를 하냥 바라보다가

붉은 혀를 파르르 내두르는 광대

태워도 태워도 뉘일 수 없는 춤사위인가

스러져가는 숯덩이 되어 무엇을 기다리는지

한 번의 뜨거운 눈길

가슴 맞댄 타오름으로

그칠 줄 모르는 눈물은 어둠을 잘라 흘러내린다

그댈 바라보면서 사그라진 기억 하나

메두사의 시선 따라 돌덩이로 굳어버린 눈물의 탑

그대에게로 닿으면 닿을수록

말라가는 생이 있다

장
우
원

2015년 『시와문화』로 등단. 시
집으로 『나는 왜 천연기념물이
아닌가』가 있다.

촛불 든 밤

나의 청춘은 유신과 5공
잘 가라 청춘이여
독재도
매국도
반민주도
매판세력도
청춘 너머로 어여 사라져라

첫눈 오시는 날
상록수가 물결친다
신생新生의 핏물이 되어
다시는 다시는
이 추잡한 역사는 오지 말라고
손에 손 맞잡고 촛불이 탄다

하니 나의 청춘이여
미련 없이 이제는 가라
숨죽인 흐느낌도 데리고 가라

청춘이 떠나가서
희끗한 머리카락 그대로도 좋다
나의 손에는 촛불이 일렁이고

앞에도 그 앞에도 뒤에도 옆에도
거대한 용암처럼 뜨거운 함성

광화문 광장 한복판에 앉아
나는 이제 늙어도 괜찮겠다

잘 가라, 내 청춘!

장
이
엽

2009년 『애지』로 등단. 시집
으로 『삐뚤어질 테다』가 있다.

광장의 사람들

우리는,

스스로가 스스로를 경멸하고
스스로를 지켜야 하는 스스로가 스스로에게 미안해져
다리 뻗고 잠들 수 없는 이상한 나라의 국민

부끄러움이 사무치는 정점에서

다른 거리
다른 시간을 달려온 남녀노소가
광장에 모여 어깨를 기대고
한곳을 바라본**닥**

고드름이 자라는 이유를 말하라
편집된 진실을 밝히라

종이컵이 종이컵과 불씨를 나누고
종이컵은 광장 밖의 종이컵에게 불꽃을 나누노니
마침내 빙하기에 잠든 공룡까지 흔들어 깨우리라
얼어붙은 민주주의를 가만가만히 녹여내리라

단지 한 자루의 초를 들고 있을 뿐이나……

장
인
숙

2002년 『문예한국』으로 등단. 시집으로 『그대가 보내준 바다』『명품시집』 등이 있다.

촛불

앞장서서 깃발 들지 않는다 하여
촛불 뒤에 숨어 있다 하여
나라를 사랑하지 않는 건 아니다
모두가 광화문으로 발 벗고 나선다 하여
나라가 잘 되는 건 아니다
누구는 촛불 앞에서 누구는 촛불 뒤에서
남모르는 노동을 하며 제자리를 지키는 것
제 밥값을 위해 기름진 손에 숟가락 든다고
잇속만 챙기는 배신자들이라
함부로 으름장 놓지 마라
역사는 언제나 앞장 선 이들보다
뒤에서 묵묵히 걸어가는
사람들의 눈물로 만들어지는 법
그렇다고 분노나 정의를 모른다고 단정하지 마라
정의는 늘 보통 백성에게서 나오는 법이니
올바른 분노란 누구나 다 가슴에 품고 있는 것이니
앞장서지 않았다 하여
나라 사랑을 모른다 누구도 누구에게도
농담으로라도 절대 말하지 마라
그것은 죄다

장
재
원

2008년 『리토피아』로 등단. 시
집으로 『빈 터』 『왕버들나무,
그 여자』 등이 있다.

불멸하는 민들레꽃

— 박근혜 대통령 하야 촛불집회에 부쳐

인간적 동정, 아버지의 후광, 여자라는 동질성, 기타 등등……
그래서 마침내 이 나라 대권을 쟁취했던 그대여,
그러나 실망스럽게도 그대가 통치했던 4년 동안
대한민국은 국가가 아니었네
청와대에는 대통령이 없었네
최순실이라는 한 여자의 아바타가 주인을 위해
개판 쳐 놓은 개똥밭이었네

헐……!!!!

마침내 구린내가 하늘까지 닿아
그대의 역겨운 개똥밭을 정화할
민들레 홀씨들이 눈처럼 흩어져 내렸다
온 나라 안에 충만한
생명의 꽃씨는 공장 갈라진 벽 틈에서도 자라났다
정의의 꽃씨는 위태한 옥탑방 지붕 위에서도 솟아올랐다
공분의 꽃씨는 감옥 철창 틈에서도 피어올랐다

이리 뜨겁게 모여 남산 꼭대기에 봉화를 올린다
전국 모든 개똥밭이란 개똥밭에서도
어김없이 봉화로 조응한다
드디어 서울 백악산 아래 조국의 상개똥밭을 치우기 위해

별처럼 많은 촛불 심지를 돋운다
고사리 손마저도 켜 든 이 평화의 촛불들!
백발노인의 손에도 켜 든 이 정의의 촛불들!
연인의 손에도 켜 든 이 흥성한 촛불들!
무지렁이 내 손에도 켜든 이 하야의 촛불들!

그러나 이 수백만 불빛을
끝까지 한 줌 어둠으로
가리려고만 하는 미망 속 그대여,
미혹된 대통령이었던 그대의 명령이 추상같던 때
정의라는 이름으로 갈겨대는 물대포에
흔적도 없이 꺼지고 말았던,
애국이란 허울 뒤 사악한 숨은 손에 의해
은폐의 깊은 바다 속으로 가라앉았던
어리석은 민초들
오늘 기어이 되살아나
백만, 천만 개 촛불 켜 드는 것
보라!
천년만년 불멸하는
이 위대한 겨레의 민들레꽃들을 보라!

37년 전, 불행하게도 독재자 그대의 아버지가

심복의 총탄에 의해 빼앗겼던 그 자리
오늘은
그대가 싸질러 놓은 똥 무더기 위로 미끄러진 강아지에 의해
또 빼앗기고 말았구나

다시 헐……!!!!

백, 천만 개 촛불 켜고 천년만년 피어갈
겨레의 민들레 꽃자리!
더 이상 그대와 같은 똥감태기가 앉아 있을
자리가 아니다

전
비
담

2013년 <최치원신인문학상>
으로 등단.

혁명

노파는 숯불에 아이를 구워먹었지
아이는 아이를 잃어버렸네

무서워 죽은 아이를 베고
누워있다 일어나는 아이
묘지처럼 두 번 일어나는 아이

긁어내도
긁어내지지 않는 아이

숲속 나무의 잎은
신발을 벗은 아이가 뛰어다니며
산 자의 이름을 부르는 손나팔
그 손은 젖어서 반짝인다

아이의 작은 발이 나뭇잎 위를 뛰어다닐 때
도깨비가 자라네
도깨비는 불의 바퀴를 굴리며 뛰어다닌다

빨갛게 달아오른 오늘의 운세를 끄지 못한 채
불탄 머리칼의 연기를 먹으며
끈질기게 뛰어다니는 아이

아이를 먹고 자란
묘지 위 검불들이 숲에 불을 지르네

불타는 숲이
가라앉은 바다를 들어올린다

전
영
관

2011년 『작가세계』로 등단. 시
집으로 『바람의 전입신고』 『부
르면 제일 먼저 돌아보는』 등이
있다.

내 딸 근혜야

엄마가 오랜만에 다녀갔다

네가 해쓱하다고 몇 번이고 걱정하더구나 청와대 주방은 책임
자가 누구인지 질책이라도 하겠다는 걸 말렸다 가슴에 송곳이
가득하니 입맛도 없겠지 이곳에서도 나는 엄마와 다른 곳에
있어서 자주 만나지는 못하지 여기는 아무래도 살벌한 곳이다만
내 딸 근혜와 함께 산다면 여기라도 견딜 수 있겠다 네가 잠든
머리맡에 가만히 앉았다가 돌아오곤 한단다 엄마는 무시로 네게
다녀오는 거 같던데 아비는 죄 많아 꿈결에라도 만나고 싶은데
쉽지 않다 뒤척이는 네 이마라도 한 번 짚어 보고픈 마음은
간절하구나

너는 그때 눈부신 스물두 살이었지

아비는 험한 일을 했다만 엄마에겐 좋은 남편이고 싶었다
장마 때문이겠지만 엄마 장례 끝낸 날 어둑하고 눅눅하던 청와대
공기를 잊을 수 없구나 그 지독한 곳에 널 혼자 둔 셈이다 일정에
쫓겨 널 위로하지 못했다 복수심만 가득 차 널 엄마 빈자리에
세우고 정치판을 돌아다녔다 나 혼자만 중요하다며 차마 못
할 일 많이 저질렀다

사랑한다 근혜야

인왕산 근처로 먹구름만 몰려도 아비는 널 걱정한단다 엄마도
황망하게 떠나고 아비도 가슴에 박힌 총탄조차 빼내지 못한

채로 떠도는 원혼이 되었구나 엄마를 잃고 웃음을 잃은 근혜야
애비를 잃고 평정을 잃은 근혜야 웃음기 없는 괴물이 된 것만
같은 근혜야 궁정동 그날 밤처럼 총탄 박힌 듯 가슴 아프구나

　더는 그 자리를 고집하지 말아라
　저마다 뜻을 펴고 싶고 가난하다고 억울한 일은 당하지 않아
야지 옳다고 확신하고 강요하는 사람 앞의 심정은 여태 몰랐구나
아비처럼 죽음과 맞바꾸지 말고 국민 앞에 우리 부녀의 잘못을
빌어야 한다

　아비를 바라보던 내 딸 근혜야
　엄마 떠나던 날이었지 죄 많은 아비를 닮아 눈매가 강한데도
눈물 그렁그렁해서는 피가 다 빠져나가 창백한 아비는 말없이
누워있는데 가냘픈 어깨로 오열하던 내 딸 근혜야 오늘이 그날
10월 26일이구나 내 딸인데도 낯설 만큼 변해버린 근혜야
　국민을 이기는 대통령은 없단다
　전부를 밝히고 내려놓아라
　울고 웃는 딸로 돌아오너라 근혜야
2016. 10. 26. 애비가.

정
가
일

2002년 <평화신문> 신춘문예
로 등단. 시집으로 『얼룩나비
술에 취하다』 『배꼽 빠지는 놀
이』 『사랑이라 말하기에는』 등
이 있다.

지성의 불

그렇다 하자
지성의 불꽃이라 하자
아린 누군가를 위해
두 손 모으던 촛불이 거리로 나섰다
어른이고 아이고 늙은이고 젊은이고
달처럼 별처럼 반짝인다
차마 그것이 흔들리는 불꽃이어도
지성의 행위라 믿기에
처음과 끝을 가늠할 수 없는 커다란 불덩이가 되었을 거다

저 불덩이의 서늘한 분노
나는 뒤에서 몸을 오그리고 떨었다

밤에만, 밤에만
거리거리로 뛰쳐나온 사람의 무리가 밝히는
빛, 빛들
나는 이 모두를
집단의 지성이라 하겠다
부디 오늘의 지성이 바르게 타오르기를
타올라서,
우리 어머니처럼 두 손 모으고
기도할 수 있기를,

밝은 내일을

다소곳이 기도할 수 있기를……

정
기
복

1994년 『실천문학』으로 등단.
시집으로 『어떤 청혼』이 있다.

꽃과 불

큰 산불에 타 죽은 나무들
무엇도 날 것 같지 않은 검게 그을린 땅에서
애기 손 고사리 솟는다.

한줌 온기 없는 거리, 질식한 민주주의 광장에 촛불을 켠다
마주 선 단 하나의 촛불, 물에 젖어있는 아홉 개의 촛불,
공허하게 타버린 삼백사 개의 촛불, 일어나 이만오천 개의
촛불을 켠다.

산기슭 그을렸던 자리를 지우며 초록이 솟아 자라고
타버린 나무들 사이에 분홍 봄꽃이 핀다
피어 흐드러진다.

오만의, 이십오만의, 오십만의, 백만의, 천만의, 오천만의, 칠
천만의 촛불,
촛불, 촛불, 촛불……

광장에서, 거리에서 촛불을 피운다
일렁이고, 출렁이고, 고요히 멈춘다, 멈추다 다시 출렁이고
일렁인다
일렁이는 꽃의 물결이 된다, 마침내 산하에 굽이치는 불이
되고 꽃이 된다.

정
기
석

2016년 『시와경계』로 등단.

다시, 서울로 가는 전봉준

전봉준, 다시
서울로 간다

부끄러워서
치가 떨려서

이대로는
더 살 수 없어서

조선낫
한 자루로,
촛불
한 자루로

다시, 서울로
쳐들어간다

정
도
원

1989년 『통일의 꽃씨, 민주의
불씨』로 등단. 시집으로 『교단
으로 돌아가면』 『겨울나무는
외롭다』 등이 있다.

그해, 병신년
—넘사시럽고 부끄럽고 서럽고

　불쌍하다고 뽑아준 우리의 여왕이 오래전부터 토색질하는
박수무당과 그놈의 딸년, 내시와 주구와 교언영색하는 간신배들
과 한데 엉겨 붙어 한솥밥을 먹으며 나라와 백성을 위한다는
미명하에 백성의 혈세를 축내어 사복을 채워주었음이 백주에
들통 나고, 지록위마, 유체이탈을 일삼더니 급기야 국정농단,
국기문란을 범하고도 민심을 농간하고 사직을 뒤흔들어 놓았으
니, 단군 이래 이보다 더 넘사스런 적 있었던가. 유사 이래 이번보
다 더 참담한 적 있었던가. 여왕을 뽑은 무지렁이 어른들의 손이
오늘 저 키 작은 촛불로 민란의 대열에 갸륵히 나선 순진무구한
아이들 눈망울 앞에 부끄럽기 그지없다.

　할 말이 없다

　그간 충분히 무지했고 무능했고 무모했던 여왕이 이제 우리
순백의 백성들 모두에게 부끄럽고 부끄럽다. 얼굴 들고 못 다니
겠다. 천 길 낭떠러지에 개구락지로 떨어진 기분, 정작 불쌍해진
건 우리 같은 필부필부다. 그간 이루어온 산업화와 민주화,
삼천리금수강산과 반만년 장구한 사직이 저 남사스런 여왕의
얼굴과 그놈의 노려보던 눈빛과 고개 못 드는 알량꼴량한 저들
의 몽매蒙昧 앞에 기가 차서 숨이 멎을 뿐,

　내일 아침 아무 일도 없었던 것처럼 훤히 밝아오는 새벽하늘

이 두렵고, 찬란한 아침 해가 무섭고, 이제 우리 힘없는 백성들에게 남은 건 덩그러니 부끄러움뿐, 앙가슴 사이로 울컥 밀려드는 단단한 서러움뿐,

하회탈을 쓴 디케

정
민
나

1998년 『현대시학』으로 등단.
시집으로 『꿈꾸는 애벌레』 『E
입국장 12번 출구』 『협상의 즐
거움』 등이 있다.

경사면의 마늘들
세상과 아랑곳없이 화사한 배추들

멀미가 심해 숨을 고르는 사이
자연의 호흡법으로 후우! 불면
열매들 달랑거린다

완상의 아침은 속이 편한가
쫓기는 꿩이 급한 머리를 서리에 파묻듯
가을 볕 차갑다

"모든 것을 던져야 간신히 희망을 성취한다"는
선생의 말씀을 짊어지고
광장으로 간다 하루해를 다 걸어

왼손엔 천칭 오른손엔 칼
베네치아 광장에서 보았던 디케가
하회탈을 쓰고 나왔다.

몇 날 며칠 피로감이 쌓인 군중 속에
슬픈 듯 한참동안 서 있다

현혹되지 않으려고 눈을 가린
그가 온몸으로 촛불을 켜다

어린 학생들이 들고 가는 불빛에
밤길이 흔들린다

정
석
교

1997년 『문예사조』로 등단. 시
집으로 『산속에 서니 나도 산이
고 싶다』 『꽃비 오시는 날 가슴
에 꽃잎 띄우고』 『딸 셋 애인
넷』 『바다의 길은 곡선이다』 등
이 있다.

곡비

　동리洞里 순실이는 우리의 누이다 다정한 이름이다 슬퍼도
눈 맞춤하던 누이, 그 착한 순실 누이의 울음을 들은 적 있을까
방직공장에서 객혈을 하며 미래를 송금하던 순실 누이는 지독한
가난 식솔을 위해서 울음을 삼켰는데,

　기이한 굿판이 열렸다 작두 위에서 읊은 연설문 몇 줄 첨삭은
접신의 시작이다 오로지 궁민窮民 오로지 미생未生을 등친 칼춤이
다 그의 국민은 권력관료, 궁민은 개돼지 미생들이다 열두거리
마다 망령으로 회귀한 쿠데타, 대한민국의 주인은 '순실'이 소유
물이 되었다 곡비哭婢를 앞세워 웃는 그들의 행차는 성대한 만찬
으로 가는 가면무도회

　아직 저 푸른 바다에 밀봉된 유서로 남은 울음소리를 위해
촛불 하나하나 밝히는 이 땅, 민주공화국은 우리들의 것

　시를 끄적일 때 각색하고 고쳐주는 비책이 있거나 미화된
내 시에 속아주었으면 하는 바람이 있었다 핍박에 분노할 줄
모르는 나의 시들이 울어야 할 때, 은유나 수사를 요리할 재간이
없으니 시인이란 자격을 흉내 낸 텅 빈 머릿속 '순실'의 냉소가
시벌시벌詩罰詩罰거리며 산다

정
세
훈

1989년 『노동해방문학』으로
등단. 시집으로 『맑은 하늘을
보면』 『나는 죽어 저 하늘에 뿌
려지지 말아라』 『부평 4공단 여
공』 『몸의 중심』 등이 있다.

광장의 시

역사의 진실은 민중의 피로 만들었고
역사의 거짓은 권력의 총칼로 만들었다네

1919년 3·1항일독립운동
1960년 4·19혁명
1980년 5·18민주화운동
1987년 6·10민주항쟁

피 서린, 피 서린, 피 서린, 피 서린,

친일권력
부정부패
군사독재
총칼의 광장

여전히
진실의 역사가 민중의 피로 물들고
거짓의 역사가 권력의 총칼을 찬양한
덧없는 세월

2016년 11월
세상의 모든 시

수백만 촛불 되어
광장을 점령했네

어린아이여, 학생이여, 젊은이여, 늙은이여,
농부여, 노동자여, 회사원이여, 상인이여,

한 자루 촛불 되어
광장을 밝힌
당신들은
광장의 시!

역사의 거짓을 만들어온 총칼 앞에
언제나 역사의 진실을 만들어온
흘린 피, 피, 피,
피의 광장을 밝힌 촛불들

헛바람처럼 휘둘러오는 권력 앞에
꺼지지 말자고
서로가 서로의 심지 깊은 심지에
불붙여 주며, 주며

광대하고 광활할

유구하고 영원할
신명나고 흥겹고 목청 좋은
대 서사시를 쓰고 있네.

제 아무리 강한 바람이라 하더라도
들풀들을 이긴 바람 없다고
쓰러뜨리려 하다가
쓰러뜨리려 하다가

일어서고
일어서는 들풀에
그만
소멸되어버리고 마는 것이라고

권력의 총칼 앞에
민중이 피로써
역사의 진실을 만들었듯
민중의 촛불은

다시 불붙고, 다시 불붙는 것이라고

정
소
슬

2004년 『주변인과시』로 등단.
시집으로 『내 속에 너를 가두고』
『사타구니가 가렵다』 등이 있
다.

광어

그날도 촛불로 도심을 옴팍 불사르고 오던 밤이었다 이미
자정이 넘었지만 행렬에 동참한 열기가 가게마다 성황이어서
우린 겨우 어느 허름한 횟집에다 자리를 잡아야 했는데
　이런 날은 도다리를 뼈째 썰어 먹는 새꼬시여야 한다는 쪽과,
얼마 전 운명하신 광장 어르신의 소천식을 겸해야 한다는 쪽으로
나눠 옥신각신했으나 결국 후자의 포레족* 전통의식을 행하기로
타결 보았으니

쟁반 상여에 담겨 나온
오롯한 광어, 참 넓다 참 넓기도 하여
떠나면서까지 풍요로운 보시를 행하시는
광장 어르신의 대자대비 옆으로 비장하게 둘러앉은
동지들 눈에 벌써 눈물 글썽인다
오로지 바닥에서 좌측만 바라보며 살아온 일생의
슴벅슴벅한 눈에선 아직도 결기가 넘쳐흐르고
굳게 다무신 묵적黙寂의 입에선
포기하지 마라! 져주지 마라! 기어코 이기리!
생전의 구호가 선연하다
결코 닫지 못할 저 귀로는
우리들의 조곡弔哭 낱낱 듣고 있음을 알기에
혀끝에 씹히는 살점 살점의 맛이
도다리 가시 맛보다

아프고 쓰라리고 뼈저리다
누가 제 아비의 살점을
이토록 뽀도독뽀도독 씹어 먹어야 하나
찢고 찧어 달게 삼켜야 하나
고추냉이에 발린 눈물을
어항 속 도다리가 숨어서
숨죽여
숨 졸이며 보고 있다

* 포레(Fore) 족: 죽은 이의 용맹성을 기리기 위해 친족에 대한 식인풍습이 최근까지
  성행해왔다 전해지는 남태평양 파푸아뉴기니의 한 부족.

정
수
자

1984년 <전국시조백일장>으로 등단. 시집으로 『비의 후문』 『탐하다』 『허공 우물』 『저녁의 뒷모습』 『저물녘 길을 떠나다』 등이 있다.

꽃피는 명령

아빠는 길을 트고
엄마는 뒤를 밀고

요람의 아기도 쌔근쌔근 끄덕이듯

아직은 걸어야 한다네
퇴진이 곧 전진이니

밀리서 숨죽여 본
팔십 년대 불의 행진

부재의 부채를 조아려 걷고 걷다

꽃보다 더 꽃다이 피우는
불씨 꽃씨 서로 옮다

외치다 더 곁고 웃는
부딪치다 더 안고 웃는

나 너 어제 오늘 다시 쓰는 광장의 길

만고의 새 명命 받들고

개벽하는 초록의 길

정
안
면

1985년 『민의』로 등단. 시집으로 『찔레꽃 하얀 꽃잎』 『사랑을 찾아서』 『지상의 그리움 하나』 『꽃눈이 그대 어깨 위에 내려앉아』 『바람의 행로』 등이 있다.

촛불의 기도

오늘 밤 촛불 앞에서
나는 무릎 꿇고 기도하네
광장의 깃발은 어둠 속에서 휘날리는데
푸른 자유의 별빛은 보이지 않네
오늘 우리의 싸움은 아직 끝나지 않았네
오늘 밤 불온한 무리들의 바람 앞에
깜박이는 촛불이여 사람의 촛불이여
그대 깨어나라 뜨거운 혁명하라
우리 모두 일어나 함께 가자
오늘 밤 촛불의 민주주의여
수백만의 별꽃이 되어 피어나라
우리 모두 함성을 질러라
승리의 노래를 불러라
오늘의 촛불과 촛불이 모여
내일의 뜨거운 강물로 흘러가라
오늘 불의를 심판하고
분노를 넘어 혁명이 되거라
촛불의 뜨거운 강물이 되거라
오늘 밤 민족의 갈 길이 되거라
참다운 역사가 되거라

촛불

정완희

2005년 『작가마당』으로 등단.
시집으로 『어둠을 불사르는 사
랑』, 『장항선 열차를 타고』 등이
있다.

첫눈 내리는 날에도
우리는 광화문에 섰다
이순신 장군 동상 옆에
우리의 깃발 아래 모여서
우리들 소망을 모아 촛불을 켰다
하야하라고 제발 그만 내려오라고
그만 방 빼라고 소리 질렀다
아 아! 가슴 벅차게 전진하는
백오십만 휘황한 촛불혁명의 물결들!
엄마 손을 잡고 나온 어린아이부터
초중고 대학생 직장청장년 머리 허연 노인들까지
전국 이백삼십만 도도한 역사의 행렬들이여!
자신의 몸을 태워 불을 밝히는 촛불들은
그렇게 우리의 가슴에서 불타올라
횃불이 되어 온 나라의 들불이 되어
마침내 거대한 역사가 되었다
위대한 이 땅의 민초들이여!
역사의 흐름을 바꾼 촛불혁명이여!
이제는 누구도 감히
이 위대한 촛불혁명을 거스르지 못한다!
이제는 누구도
도도한 역사의 강물을 바꾸지 못하리라!

정
우
영

1989년 『민중시』로 등단. 시집
으로 『살구꽃 그림자』 『집이 떠
나갔다』 등이 있다.

통쾌한 민주주의가 유유히

네댓 살 아이가 촛불 들고 "박근혜는 퇴진하라!"
발갛게 상기되어 온몸으로 솟구칩니다.
아이가 퍼뜨리는 저 숨결로 깃발들은 으르렁거리고
광장도 이리 들썩 저리 들썩 뜨겁게 달궈집니다.
당당한 촛불들로 증폭된 광장의 포효는
삶과 죽음의 안타까운 경계마저 허뭅니다.
노란 분루 머금고 삼백넷 영령도 합류합니다.
독재자가 압살한 통곡의 목숨들도 한 뜻입니다.
산 자와 죽은 자가 한꺼번에 벅찬 분노 내지릅니다.
이제껏 이 땅에 이런 주권 없었습니다.
평화를 밝히고 광장을 나눠준 촛불은
사람들 가슴에 들어가 불타는 양심이 되었습니다.
무리가 되어 일렁거리는 노도의 촛불은
평생토록 꺼지지 않을 민주가 되었습니다.
모멸과 굴종을 벗고 뜨거운 역사가 되었습니다.
부패한 반민주가 항복의 백기 꺼내듭니다.
끈질긴 독선과 불통이 마침내 거꾸러집니다.
광화문에서 대한문까지 찬란하게 지펴오는
민주정의가 환희의 물꼬를 터뜨립니다.
손에 손잡은 가족들이 정겹습니다.
노란 선 사이에서 키스하는 연인들이 달콤합니다.
어묵과 커피 파는 청년들이 환합니다.

여기는 비로소 민주세상, 해방구입니다.
광장은 무혈혁명축제를 만끽하는 중입니다.
반민주, 반민중, 반역사는 더 이상 없습니다.
완전히 아웃입니다. 비굴을 강요하면 또 터집니다.
백만 이백만의 촛불은 언제든 타올라
닥쳐오는 모든 능멸 찢어버릴 것입니다.
통쾌한 민주주의가 유유히, 내일로 진격하고 있습니다.

정
원
도

1985년 『시인』으로 등단. 시집
으로 『그리운 흙』 『귀뚜라미 생
포 작전』 등이 있다.

짐승의 심장도 이렇게 후벼 파면 천벌을 받느니

친일 부패 부정선거 총탄에 맞서
피 흘려 세운 민주주의를
탱크로 탈취한 세력을 혁명이라 신봉하는 자들이

유신을 보위하던 십자가 사교(邪教)의 딸 앞세워
눈먼 돈은 푸른 기와 그림자가 챙기면 그만

손발 잘도 맞을 때는 언제고 들통나니
나와는 상관없는 시녀(侍女)가 한 일로 잡아떼면 그만
백성도 성에 안 차면 변기통마냥 바꾸기만 하면 그만
짐승의 심장도 이렇게 후벼 파면 천벌을 받느니

친일에서 독재로 문패만 바꿔달고 파탄 내는
억장 무너지는 분노에
지하철역마다 미어터지는 곤욕을 치루면서도
촛불이 촛불을 업고 나와 꼬리를 물고 행진하느니

동지섣달 칼바람 뚫고 앙가슴으로 나아가느니
길목마다 막아선 차벽은 꽃담으로 치장하고
광화문에서 남대문까지 촛불 파도타기로 함성으로
퇴진하라! 구속하라! 목울대를 태우는 것이다

세종로 먼먼 가로수들도 포기하지 말자고
얼어붙는 진눈깨비에 마른 가지 흔들어대느니
경복궁 창덕궁이 통곡하고 북악산이 몸서리치느니
어서 가자! 우리가 꿈꾸는 대동세상이 어디냐!

정
종
연

2009년 『한국평화문학』으로
등단. 시집으로 『지갑 속의 달』
『이렇게 마주 보고 있는데도』
『내 가슴 꺼내 빨간 사과 하나
깎으며』 등이 있다.

청문회

완벽한 공간에서
상태 나쁜 녹음기 두 대가 돌아간다

한 대는 모른다만 반복하며
엉키면 기억나지 않는다고

또 한 대는 왜 모르냐고 반복하며
엉킬 땐 볼륨 커가며 열 받고

혹시나 했더니
역시나 하구먼.

정
철
훈

1997년 『창작과비평』으로 등
단. 시집으로 『살고 싶은 아침』
『내 졸음에도 사랑은 떠도느냐』
『개 같은 신념』 『뻬쩨르부르그
로 가는 마지막 열차』 『빛나는
단도』 등이 있다.

촛불의 강

문명의 발상지 가운데
유프라테스 강이 있다고 배웠다
사막을 가로지르는 성스러운 강
그곳에 가본 것만 같다
촛불을 들고 광화문에 갔다가
왕들의 이름이 새겨진 표석을 밟으며
생몰이 적혀 있었고 촛농이 떨어져 있었다

정
하
선

1993년 <무등일보> 신춘문예
로 등단. 시집으로 『꼬리 없는
소』가 있다.

눈물의 근육

너희는 모른다
눈물에도 근육이 있다는 것을
콜비츠의 그림 속의
아들을 껴안고 우는 어머니를 보라
심장을 쥐어짜듯, 어금니로 참아내는
저 단단한 눈물의 근육
석탄처럼 거친 석필로 그려 낸 눈물의 힘
세월호 어머니는
꽃피듯 참아내며 수그려 운다
너희는 모른다
구중궁궐 유폐된 후에야 흘렸다는
어느 나라, 광인 대통령의 피눈물
김기춘이 최순실을 모른다 하고
최순실이 우병우를 모른다 하고
2016년 겨울, 천만 개의 광장 촛불은
기관 없는 신체*가 되어 있음을
너희는 모른다
선하고, 선한 사람들 눈물에는
근육이 있다는 것을
끝내, 너희는 모를 것이다
십자가는 교회당 높은 곳에만 있고
그런데 신이여

어찌, 용서하란 말입니까

* 들뢰즈와 가타리의 『천 개의 고원』에 등장하는 철학 용어.

조
광
태

『강원작가』로 등단. 시집으로
『철조망 거둬내서 농로 하나 내
면』『탄압』『한탄강』 등이 있
다.

광화문에서

그대는
오천만 분노가 촛불이 되어
어둠을 밝히는 바다를 보았는가

함성의 파도 촛불의 파도
소름 돋는 땅의 울림을 보았는가

그대의 자리마다 악취가 풍겨
그대의 말마다 피눈물이 흘러
참고 참았던 울분
이제는 더 참을 수가 없어서
천둥보다 큰 함성으로
그대를 부르노라

오천만의 함성이
그대의 어리석음을 깨우기 위해
그대 무능의 발광 멈추기 위해
하늘의 소리 땅의 소리로 부르노라

감당하지 못하는
자리에서 내려와
그대 몸에서 떨군 먼지 하나

시키는 대로 하는 어눌한 말까지
찌그러진 깡통 같은 역겨운 그 미소도
펄럭이던 그대들 깃발을 내려

그 흔적들 싸 들고 떠나라

그러므로 숨 쉬는 거
눈 깜빡이는 거 하나까지
다 거짓이었던 지난 세월로 멍든
백성들 가슴 가슴속마다 용서를 구하고
이 땅에 머리 찧으며 반성 또 반성하라

그대의 거짓, 농락, 무능의 극치로
어두워진 이 땅이 맑아질 때까지
아픈 백성들 가슴에 새살이 돋을 때까지
이 땅의 신들에게 빌고 빌어라

그리하여 이 땅의 신들에게
이 땅의 백성 가슴속마다 박힌
어리석은 그대 이름 석 자가
영원히 지워지게 빌고 빌어라

이것이 이 땅의 백성을 위하는
그대의 마지막 기회이다

조
기
조

1994년 『실천문학』으로 등단.
시집으로 『낡은 기계』 『기름美
人』 등이 있다.

촛불의 기술

골방의 책상 위에서
바람 없이도 흔들리고

광장의 손끝에서
바람 불어도 흔들리고

앉아 있어도 흔들리고
걸어가면서도 흔들리고

흔들린다는 것은
위태롭다는 것

광장이 위태롭고
골방이 위태롭고

광장과 골방 사이에 놓인
안 보이는 길이 위태롭고

위태로움 속에서
드러나는 환희

그러나 타오르는 것은

밝히고 사라진다는 것

어둠 속에 있는
미래의 기억 속에 있는

골방의 풍경을 위하여
광장의 광경을 위하여

위태롭게 흔들리며
안 꺼지려고 흔들리며

골방의 나를 향해
광장의 너를 향해

광장에서 골방으로
골방에서 광장으로.

조
동
례

2009년 시집 『어처구니 사랑』으로 등단. 『달을 가리키던 손가락』 등이 있다.

2016년 촛불 객토

낮인지 밤인지 밤낮 환한 여름 지나면
밤인지 낮인지 밤낮 어두운 겨울
흑백 분명한 알래스카에서
비로소 알겠다 민주여 주권이여

배고픈 산짐승들 민가에 내려와
배회한 흔적 유난히 많았던 병신년
다카키 마사오 딸이 여왕이라 치자
산목숨들 바다에서 허우적거릴 때
구조보다 명령이 먼저인 나라
기다리라는 명령 앞에
절망과 분노는 주권의 뿌리가 되었다
하야하라, 국민의 명령에도
등과 가슴을 번갈아 보이며
때가 되어도 내려올 줄 모르는 여왕

어떤 이는 죽은 자 대신 살고
어떤 이는 죽지 못해 살아
진실을 찾기 위해 광장으로 간다
어둔 길 촛불 밝혀 일파만파 바다다
저 바닷물 들고 날 수 있게 하는 힘
절망을 넘어 분노를 넘어

보아라, 봄풀처럼 순한 촛불들
막힌 길 갈아엎어
아무리 추워도 얼지 않을 길을 튼다

해 뜨고 지는 일
어둔 밤 짧아지면 밝은 낮이 길어진다
흑백이 저절로 바뀌는 이치에서
비로소 알겠다 민주여 주권이여

조
삼
현

2008년 『우리시』로 등단. 시집
으로 『어느 수인에게 보내는 편
지』가 있다.

촛불 가라사대

촛불을 켠 사람들이 울고 있다
촛농처럼 울고 있다
제 몸을 불사르며 우는
백만 개의 양초가 울고 있다
이게 국가냐?
이게 나라냐?
신음을 토하며 잉잉잉
불을 보고 날아든
하루살이 떼처럼 울고 있다
변하지 않는, 바뀌지 않는
반성을 향해 울고 있다
인왕산을 향해 울고 있다
바다에 자식을 묻은 아빠가
가슴에 자식을 묻은 엄마가
가슴을 쥐어뜯으며
행주를 짜듯
목에 걸린 가시를 뱉어내듯
울고 있다
이게 국가냐?
이게 나라냐?
온 나라가 울고 있다
물에 빠져 죽은 억울한 주검이

4월 꽃망울 피지 못한 소년소녀가
구천에서 엉엉
물속에서 엉엉엉
울고 있다
침몰한 배엔 부패 권력이
무능한 관료가
천민 자본이
함께 타고 있었어요
대한민국이 함께 타고 있었어요
진실을 인양해주세요
나라를 인양해주세요

지금은 울어야 할 때
눈물만이 우리를 구원할 때

조
성
순

2008년 『문학나무』로 등단. 시
집으로 『목침』이 있다.

촛불

나름이겠지만 저 정도라면 건들장마 모양 변덕스런 사내라도 내처 돌아다니지 않고 온전히 마음 붙이고 조강지처 옆에 퍼질러 앉을 수밖에 없을 거야. 엄동설한 꽁꽁 언 방에서도 자세 흩트리지 않고 수놓는 여인에게는 이미 시간이나 공간조차도 어쩔 수 없는 게야. 건 그냥 배경인 게야. 옹골진 마음 쨍한 겨울 하늘 미끄럼질 하는 기러기 눈발 즐기듯 기다림의 아픔도 이미 즐거움인 게야. 시월 보름 동안거 드는 날 장작 몇 짐만 때어주면 정월 보름 해제되는 날까지 그 훈훈한 열기가 식지 않는다던 저 지리산 칠불암 아자방亞字房 불기운 어딜 가겠나. 없는 것 가운데 기운 있고, 있는 것 가운데 없기도 한, 애오라지 가다보면 벼랑 끝에 길이 열리고 허공에도 잡을 게 생기는 게야. 이미 몸 안의 기운으로 스스로 방광放光하여 내남없이 두루 밝혀 무어라 이름 지어 붙일 수 없는 오롯한 일체가 되어버린 게야.

조
수
옥

1997년 <충청일보> 신춘문예
로 등단. 시집으로 『어둠 속에
서 별처럼 싹이 트다』 『거꾸로
서서 굴리다』 『오지』 등이 있
다.

아기 촛불

엄마 품에 안겨 나온
죄 하나 없는 아기 촛불

썩은 어둠을 태우는
찬란한 혁명과 함께하느니

조
숙

2000년 <경남신문> 신춘문예
로 등단. 시집으로 『금니』가 있
다.

많이, 여러 번

토요일이면 촛불을 들러 간다
롯데백화점 앞 광장
백남기 농부 영정 사진에 국화꽃을 바친 이후
그곳이 나의 주말 모임터가 되었다
모르는 사람들과 함께 종이컵으로 감싼 촛불을 든다
엄마 손을 뿌리치고 내달리려는 아이
문제집을 들고 나온 교복 입은 학생
보온병에 유자차를 들고 온 중년
아이들과 함께 나온 부부
바람이 불어도 촛불이 꺼지지 않도록
촛불의 온기에 손을 녹이면서
겨울 거리에 모여들었다
내 기억 속의 젊음은 들끓던 분노였다
끝도 없던 독재의 최루가스와 방망이였다
지금은 아름답게 빛을 내는 촛불을 들고
쫓겨 다니던 민주주의 대신
형광 조끼를 입은 교통경찰들 호루라기와 경광봉
안내를 받으며 거리를 행진한다
스크린 노랫말을 보고 노래를 부르며
광장에서 나는 꿈꾼다
누군가의 죽음 없이 한 발짝 내딛는 역사
많은 사람들이 모이고, 여러 번 모이고

추운데 떨면서 푼돈을 모아 내고
그러면서 세월호 죽음을 책임지는 국민을 꿈꾼다

조
영
옥

1990년 시집 『해직일기』로 등
단. 그 외에 『멀어지지 않으면
닿지도 않는다』 『꽃의 황혼』
『일만칠천원』 등이 있다.

가장 작아질 수 있어야 가장 커질 수 있음을

촛불을 켠다
하나 둘
백만 이백만
광장의 불빛은
이글이글 한줄기 강물로
소용돌이로
세상을 메운다
꿈틀꿈틀 요동이
용암의 기세로 청와대를 향한다
퇴진 구속을 외치는 목소리
내가 백만분의 일이라
목소리는 더욱 크다
그렇게 천만 오천만 분의 일이 되어
내 목소리가 사라지고 싶다
사라져 함성이 되고 싶다

머리가 아니라 먹먹한 가슴과
힘찬 발걸음으로
한 덩어리 되어 외치는
우리의 자유
우리의 평등

우리의 진실
우리의 희망
목 터져라 외치기 위해 나온
광장에서
외치지 않아도 알 수 있는
우리들의 사랑
약자를 배려하고
다른 이에 관심 갖고
먹거리를 나누고
몰라도 웃음 짓는
이미 하나인 우리
이미 자유인 우리
이미 평등인 우리
이미 민주주의인 우리
대한 국민

한 번도 주인대접 받지 못해
스스로 주인이 되기로 했다
아이도 노인도 촛불을 들고
이게 나라냐?
비통하고 참담한 마음을 넘어
이게 나라다!

우리가 만들 세상을
환호한다
보라!
내가 작아질 수 있다는 것이
얼마나 감격이냐
내가 모래알 하나일지라도
부끄럽지 않은
얼마나 굳은 언약이냐
가장 작아질 수 있어야
가장 커질 수 있음을
일렁이는 촛불의 물결이
끝없이 밀려드는 파도소리 되어
말해준다
더 이상 밀려나지 말아라
이제부터다
매일매일 이제부터라고
촛불은 새파란 심지를 태우며
붉은 심장으로 말한다.

조
용
환

1998년 『시와사람』으로 등단.
시집으로 『뿌리 깊은 몸』 『숲으
로 돌아가는 마네킹』 『냉장고
속의 풀밭』 등이 있다.

그대의 촛불은

그대는 나의 촛불이다
영원히 타오르는 내가
그대의 불꽃이다
꺼지지 않은 서로의 하늘이다
그대의 눈을 밝히고 꿈을 밝히고
연체독촉장을 낡은 구두를 주름을 불끈 주먹을 밝히는
그 불빛에 반짝이는 내가
그대를 비춘다
하나의 천의 백만의 무궁의
화엄으로 밝힌
무너지지 않는 집이다
결단코 결혼하는 국가이다
꼭 끌어안고서 헤어지기 싫은
그대와 나의 첫날밤이다
모르는 길을 걸어왔지만
국밥을 낮달을 로드킬을 무단횡단을 깃발들을
나는 그대를
그대는 나를 불사른다
그리하여 나는 그대의 촛불이다
기도하는 뜨거운 손이다
다시 건설하는 사랑이다

조
인
선

1993년 시집 『사랑살이』로 등
단. 『황홀한 숲』『노래』『시』
등이 있다.

촛불 켜는 밤

촛불을 보면 누군가 소원하는 것 같다
소지 올리던 그 마음 빛나는 것 같다
제 몸이 녹는 줄도 모르고 서 있던 눈사람처럼
심지 끝에 둥지가 있는지 새 한 마리 훨훨 나는 것도 같다
그날은 촛불 들고
서울 광화문 광장에서 청와대 앞길까지 걸었다
수도 없는 인파 속에서
놀라워라
역사를 밀고 가는 힘은 도대체 어디서 오는 걸까
바람이었나
백지 위에 새 한 마리 날아가라고 빌어보는데
촛농 한 방울 손등에 닿아 화들짝 놀라던
딸아이 선한 눈망울
소귀에 경인 양 스치고 있었다

조
재
도

1985년 『민중교육』으로 등단.
시집으로 『소금 울음』『공묵의
처』『사랑한다면』 등이 있다.

속삭임

그때
우리가 우리에게 속삭인 그 속삭임
"잊지 않겠습니다."
세월의 마모를 견디겠다는
성스러운 고결한
다짐 가득 찬
속삭임

속삭임은 무엇보다 나에게 하는 말
나에게 눈을 떼지 않고
아침저녁으로 쉬지 않고 되새긴
"잊지 않겠습니다."

봄비처럼 촉촉이 나를 적시던 말
한 번의 입맞춤으로 끝나지 않은 말
서두르지 않고
게으르지도 않고
심장을 향해 늘 같은 걸음으로 걸어가던 말

속삭임은 기억
그날을 잊지 않겠다는 기억
다가올 미래 세계를

잊지 않겠다는 기억

속삭임은 저항
기억에서 피어나는 저항
모든 것은 이렇게 새로워진다
"잊지 않겠습니다."
속삭임은 민주의 기원

조
정
애

1990년 『문학공간』으로 등단.
『내가 만든 허수아비』 『푸른 눈
빛의 새벽』 등이 있다.

촛불, 그 불변의 약속

끝내 도시는 어두워지지 않고
악의 빛은 독하게 남아서
평화롭고 고요한 밤을
허락하지 않았다

진리와 정의는
화려한 불빛에 가리운 채
달과 별들의 산등성이에서
납작 엎드렸다

언젠가 참 어둠이 물밀듯 다가와
검푸른 밤의 신비로움을 다 보여줄 때까지
큰 별 하나 오롯이 지키고 있다

잠시 귀를 기울이면
겨울 밤 어느 마구간에서
아기의 울음소리가 들린다

낮고 낮은 곳으로 내려와
작은 손을 잡아준 그의 약속은
오늘도 수많은 촛불이 되어
우리와 함께 어둠의 세상을 밝히고 섰다.

조
해
훈

1987년 『오늘의문학』으로 등
단. 시집으로 『생선상자수리공』
『칠점산』 『말하지 않는 자의』
등이 있다.

저 불들

불은 언제나 그러하였다
아무리 어두운 곳이라도 밝히고
가난한 이들의 가슴속 등불이 되었으니

저 불들
숱한 불빛, 불빛, 불빛
밝혀보지 않고
불, 손에 들어보지 않은 사람은

그 따스함
그 인간적임을

모른다

절대 모른다

지
연
식

2010년 『예술가』로 등단. 시집
으로 『히멘』이 있다.

참새론論

선 하나가 웃었어요
수족이 없었다고 해요
들개를 잃었다고 해요

거짓말이
주근깨처럼 번지는 구멍이에요

모든 것이 사라지면서
크림을 응고하여 소리 지르면서
무릎 가득한 상처를 떨어뜨리면서

새들이 웃었어요
누가 기억을 잃었다고 해요
리더는 '화장실공주'라고 해요

피아노를 치면서
돌층계를 토닥이던 구멍이에요

고체와 액체의 논쟁은
아가미 지점에서
성상의 그림자를 증배시키면서

총이 웃었어요
체위가 바뀔 거라고 했어요
적막이 덮칠 거라고 했어요

참새가 날아간 후에
역사에 기록되는 비와 극이에요

지
요
하

1982년 <동아일보> 신춘문예
로 등단. 시집으로 『때로는 내
가 하느님 같다』 『불씨』 등이
있다.

촛불로 역사를 만들다

촛불은 기억이다
기억의 등불이다
저 동학혁명의 횃불이고
만주 벌판의 꽃불이다
3월 1일의 흰옷들과
4월 19일의 꽃봉오리들,
광주 5월 18일의 핏빛들과
서울 6월 10일의 최루가스 속에서 피어난
민주주의의 학습 시기를
환히 비추어주는 불꽃이다

촛불은 기원이다
진실과 정의와 화평
민주주의를 갈망하는 몸짓이다
그 지고한 가치들은 저절로 오는 것이 아니기에
목마른 자가 우물을 파듯이
스스로 일구어내는 뜨거운 염원이다

촛불은 신념이며 희망이다
백만 명이 어깨동무하고 발을 맞추는 것은
주권자로서의 의무와 권리를 공유하고 사랑하며
바른 세상에 대한 꿈을 나누기 때문이다

신념은 희망을 낳고
희망은 신념을 키운다

촛불은 역사다
백만이 일시에 내지르는 함성
거짓말 같은 융화와 배려
질서와 화합
주말마다 서울 한복판과 전국 곳곳을 수놓는
백만의 촛불은 그리하여 역사가 된다
'촛불혁명'이라는 이름으로
2016년과 2017년을 껴안고
장엄하고 위대한 민주의 역사
대한민국을 새롭게 건설한다!

지
창
영

2002년 『문학사계』로 등단. 시
집으로 『송전탑』 등이 있다.

불꽃 쓰나미

불꽃이 파도로 밀려온다
광화문에서 일렁이던 촛불들이
경상북도 성주를 후끈 달구고
파발마를 타고 남으로 내달려
광주에서 횃불로 타오른다

서울 복판에서 물대포에 숨진
농사꾼 아버지를 보내던 백도라지의 눈물처럼
하얗게 응고된 시대의 한을 손에 쥐고
하늘로 치켜드는 백만 천만의 손들
파도가 일렁이는 불꽃의 바다에서
침몰했던 세월호가 승천한다

가볍게 솟았다가 맥없이 무너지던
어제의 파도가 아니다
북극성이 솟아오른 먼 바다에서
긴 파장을 끌고 달려와
반도를 덮치는 역사의 쓰나미

제국의 심장을 향해 불을 뿜다가
가슴에 붉게 진달래 피워 산맥이 된
독립군의 혼불이 들불로 산불로 번진다

뜨겁게 뜨겁게 심지를 태우며
눈물의 바다에서 태양이 떠오른다

채
근
상

1985년 『시인』으로 등단. 시집
으로 『다음 열차를 기다리는 사
람들』 『거기 서 있는 사람 누구
요』 『사람이나 꽃이나』 등이 있
다.

광화문 촛불혁명가

저 벌판에 돋아나는 새싹들처럼
바람에 같이 흔들리는 들꽃들처럼
오늘 광화문 광장에 타오르는 촛불이
우리들 심장에 정의가 되어 살아난다

가슴속에 일어나는 양심으로
오래도록 응어리진 분노가 함성이 되어
거리로 광장으로 촛불을 들고 가자
우리들 꺼지지 않는 촛불이 되자

너와 내가 치켜든 촛불이 바다가 되고
어깨 걸고 치달리는 파도가 되어
우리들 진정 주인 되는 혁명을 이루자
광화문 광장에 혁명의 역사를 쓰자

부정부패로 썩은 세상 갈아엎고
불평등한 세상 땅을 고르고
불공정한 세상 꽃씨를 뿌려
광화문 광장에 혁명의 꽃을 피우자

살아나라 정의의 촛불이여
피어나라 시민혁명의 아름다운 꽃이여

채
지
원

2008년 『문학과의식』으로 등
단. 시집으로 『대단한 놈들이
다』가 있다.

광장의 봄

물안개 자욱한 광장 한복판
나는 우산을 접는다
북악산 머얼리 잠든 영혼들
광장에 흐르는 눈물
세월호의 방랑
정의는 깃발 아래 펄럭이고
골목마다 핀 열렬한 희망
그녀는 여전히 푸른 웃음 흘리며
광장을 내려다본다
불꽃 속에 비친 사람들의 얼굴빛
광장은 사람들로 붐비고 어느덧
신호등은 멈추고
경찰들의 낯빛조차 온화한 광화문 네거리에
사람들의 노랫소리 울려 퍼진다
민주여
촛불이여

사람들은 어디론가 끝도 없는 길을 걷는다
광장엔 봄기운이 흐른다

어둠은 이내 촛불로 사그라든다

천
금
순

1990년 『동양문학』으로 등단.
시집으로 『두물머리에서』 『아
코디언 민박집』 등이 있다.

겨울광장에 서서

보라!
우리는 왜 겨울광장으로 모여 촛불을 밝히는가
어둠 속
사람들이 하나 둘 광장으로 모여든다
제각기 촛불을 켜들고
남녀노소 어린아이 할 것 없이
쌍둥이 형제 바울라울이도 제 아버지 손을 잡고
한 손에 촛불을 들고 광장 한복판에 나섰다
지금 아이는 이 광장을 환하게 밝히고 있는
촛불들을 보면서 무슨 생각을 하고 있을까
사람 하나하나 모인 수백만 민중이 구호를 외치며
마치 난바다 파도치는 물결로 부르짖는다
입으로만 외치는 구호가 아니다
어제의 희생과
민주주의를 위하여 외치고 있는 것이다
꽃이 역사라고 어느 시인이 말했다
너와 나 서로 맞받아 새로운 결단을 내릴 때
새로운 세상은 열린다
새로운 역사의 시작이다
수백만 촛불이 횃불이 되어
민중혁명의 소리로 빛이 되는가
광화문 광장에서 저마다의 깃발을 치켜들고

행진의 물결 평화대행진이 이어진다
피어보지도 못한 어린 꽃들에게
흰 국화 한 송이를 바치고 돌아서
눈물을 훔치는 노란 풍선들이 하늘로 날아간다
촛불, 그 희망과 절망 사이
정치권은 촛불민심의 꽁무니에 붙어
책임을 묻는 일에만 매달려 있다
이 시대착오적인 구조가 바뀌지 않는 한
이 나라 광장엔 촛불이 꺼지지 않을 것이다
촛불은 바람이 불어도 계속 타오를 것이다

최
기
순

2001년 『실천문학』으로 등단.
시집으로 『음표들의 집』이 있
다.

여의도 비가悲歌

그날 여의도 공원엔 겨울비가 내렸다
저마다 촛불 하나씩 켜들고
일회용 우비를 썼으나
앞섶이 젖고 신발이 젖고 주저앉은 엉덩이가 축축하게 시려왔
다

비바람이 몰아칠 때마다
모자를 조금 더 눌러쓰고
목도리를 한 겹 더 두껍게 감았다

촛불은 꺼졌다가
다시 점화되고 켜졌다가 꺼지기를 반복했다

모자에서 빗물이 흘러 얼굴을 타고 내렸다
어쩌면 눈물이었을 수도
한목소리의 광장 가득한 사람들 속에서
울컥 외로워지기도 했다

우리는 여전히 가난한 차림새로
환하게 불 켜진 국회의사당
그 안의 불빛을 의심하면서
철통같은 방어벽만 마주할 뿐이었다

공권력의 용도에 대한 분노를 넘은 허탈감
언제 급습할지도 모를 물대포 혹은
발길질을 두려워하며
그러나 여럿이 함께의 힘을 믿고
비바람 속에 흔들리는 촛불을
수없이 다시 받쳐 들었다

최
기
종

1992년 <교육문예창작회>로
등단. 시집으로 『나무 위의 여
자』 『나쁜 사과』 『학교에는 고
래가 산다』 등이 있다.

촛불은 천심이다

촛불 하나 입김으로 훅하면 꺼지겠지
촛불 몇 개 바람이 지나가면 흔적도 없어지겠지
그런데 백만 촛불 누가 막아 누가 잡아
삼천리 방방곡곡 들불처럼 번지는 5천만 촛불
이거 그냥 켜지는 게 아니야
이거 그냥 터지는 게 아니야
오죽했으면 국민들이 작심하고 몰려들었나
오죽했으면 국민들이 불멸의 채찍을 들었나
이거 그냥 켜지는 게 아니야
이거 그냥 터지는 게 아니야
그네와 순실이가 국정 농단했다고?
그네가 태반주사, 백옥주사, 프로포폴 맞았다고?
아니지 아니야
그건 빙산의 일각이야
그건 뇌관이었을 뿐이야
노동자 농민들 그동안 얼마나 힘들었어
중소 상공인들 그동안 얼마나 힘들었어
청년학우들 그동안 얼마나 힘들었어
보편복지, 누리과정 예산 그동안 얼마나 힘들었어
세월호 유가족들, 용산 철거민들, 위안부 할머니들, 개성공단
입주자들, 밀양할머니들, 사드배치 성주군민들, 제주해군기지
강정주민들 그리고 그리고 그 얼마나 힘들었어

이런 것들 쌓이고 쌓여서

해도 해도 너무 해서 복장이 터진 거야, 화산 폭발한 거야

재벌들만 국민인가?

정경유착하고 법인세 깎아주고

대한민국 100프로 한다더니

1프로만 국민인가?

저희들끼리만 해 처먹고 꽃보직 주고 부정청탁하고 누리고
누리고

99프로는 개, 돼지 취급하고

이건 나라도 아니야

이건 소꿉장난도 아니야

이런 세상 통째로 바꿔야 한다고

이런 세상 즉각 쓸어버려야 한다고

진짜 주인이 나서서 촛불제의 지내는 거야

물론 그네 하나 물러난다고 끝나는 게 아니야

그건 시작일 뿐이야

그냥 대통령 하나 바뀐다고 달라지는 게 아니야

그건 시작일 뿐이야

우리도 개, 돼지 말고 사람답게 살아야 하니까

우리도 차별받지 않고 행복하게 살아야 하니까

우리가 헌법 1조 1항이 되어야 하는 거야

우리가 헌법 10조, 11조가 되어야 하는 거야

우리 돈 없고 빽 없어도 열심히 노력하면 잘 사는 세상 원해
대한민국 100프로 행복하게 살아가는 세상 만들기 위해
우리가 촛불이 되고 횃불이 되고 금물결이 되어야 하는 거야
우리 남북 화해하고 경제도 외교도 자주하는 세상 원해
노동자, 농민, 서민들이 공평하게 인정받는 세상 만들기 위해
우리가 깃발이 되고 천둥이 되고 원칙이 되어야 하는 거야
촛불 하나 입김으로 훅하면 꺼지겠지
촛불 몇 개 바람이 지나가면 흔적도 없어지겠지
그런데 백만 촛불 누가 막아 누가 잡아
삼천리 방방곡곡 들불처럼 번지는 5천만 촛불
촛불은 LED 노래
촛불은 새로운 대한민국
촛불은 천심, 하늘의 명령이야

최
두
석

1980년 『심상』으로 등단. 시
집으로 『대꽃』 『임진강』 『성
에꽃』 『사람들 사이에 꽃이 필
때』 『꽃에게 길을 묻는다』 『투
구꽃』 등이 있다.

촛불과 희망

꽃을 드는 마음으로 촛불을 든다
더 이상 어둡게 살 수 없으므로
친구와 함께
연인과 함께
아이와 함께 촛불을 든다
서로 불을 옮겨 붙이듯이
서로 희망을 밝히기 위해

꽃을 드는 대신 촛불을 든다
광장을 가득 채운 남녀노소
거스를 수 없는
인산인해의 촛불을 든다
도대체 도무지 말이 안 되는
검은 권력의 온갖 거짓들
낱낱이 드러내 불살라버리기 위해.

최
미
정

2009년 『문학들』로 등단. 시집
으로 『검은 발목의 시간』이 있
다.

촛불, 꽃불

촛불이 얘기한다
촛불이 노래하고
촛불이 춤춘다
중학생 촛불이 숨을 헐떡이며 벌벌 떨며 얘기한다
2분 동안 여섯 번 박수를 받는다
촛불이 얘기한다
촛불이 구호를 외친다
촛불이 불 비늘들을 뒤척여 용트림 치게 한다
촛불이 걸어간다
촛불이 악수한다
촛불이 사진을 찍는다
아빠 어깨 위에 무등을 탄 2층 촛불이 묻는다
담주에 또 올 거지?
무거워, 힘들어
한 손에 핫도그를 다른 손에 촛불을 든 동생 촛불이 묻는다
우리 이제 못 와?
엄마 촛불이 웃는다
반짝반짝 꽃불이 걸어간다
반짝반짝 꽃불이 노래한다
반짝반짝 꽃불이 스텝을 밟는다
반짝반짝 꽃불이 시내를 이루어 흘러 흘러간다

최
서
림

1993년 『현대시』로 등단. 시
집으로 『이서국으로 들어가
다』 『구멍』 『물금』 『버들치』
등이 있다.

촛불

광장에 모인 촛불은 제각각이면서 하나다.
한 자루만일 땐 내 마음처럼 곧잘 가물거리지만
만 자루가 모이면 세상을 밝히고
백만 자루가 힘을 합치면 역사를 바꾼다.

행진하는 촛불은 강물이면서 새로운 역사다.
물처럼 움직이는 촛불의 흐름엔 막힘이 없다.
광화문에서 마라도까지 흘러내려간 촛불의 강,
다시 한라에서 백두까지 흘러올라갈 촛불의 강.

무혈혁명인 촛불은 대서사시다, 동방의 빛이다.
반反촛불도 촛불로 바꾸어 포용하는 용광로다.
사방에서 불어오는 바람에도 꺼지지 않는 촛불,
혹 꺼지면 옆의 촛불로 금방 다시 붙일 수 있다.

최
성
민

1992년 『시와시학』으로 등단. 시집으로 『아나키를 꿈꾸며』 『도원동 연가』 등이 있다.

광화문에 피는 꽃

누가 시키지 않아도
못난 놈들은 가슴 언저리에
불꽃, 한 송이씩 피우고 살지

매서운 광풍을 몸뚱어리로
불꽃, 간신히 지켜 사는 못난 놈들도
하늘이 울고 땅이 통곡하면
삼삼오오 손목 얽어매고 삼삼오오
광장 한가운데 거대한 꽃바다로 타오르지

저 자유로운 군무를
저 천진난만한 곡선을 가로막는
딱딱한 직선의 절벽
그들은
큰스님 돌아가신 다비식에서
가장 뜨거운 불꽃, 만들기 위해
물을 뿌린다는
역설의 진리를 아시는 걸까

못난 놈들이 만들어가는
눈물의 강줄기가
시퍼런 불기둥으로 살아나는 것을

아시는 걸까

최
성
수

1987년 『민중시』로 등단. 시집
으로 『장다리꽃 같은 우리 아이
들』 『천 년 전 같은 하루』 『꽃,
꽃잎』 등이 있다.

나의 50대

나의 50대는 이명박과 함께 시작되었다
햇살 끝에 몰려오는 먹장구름처럼
세상 가득 어둠이 밀려오던 그 50대
사람은 죽고 강은 병들던 그 시간이 지나면
그래도 눈부신 새날이 오리라 믿었다
그러나 희망의 끝에 다가온 것은 암울
절망의 끝에서 만난 것은 막막
나의 50대 중반은 독재자의 딸과 함께 시작되고 말았다
식민의 잔재가 다시 세상의 앞줄에 서고
철학도 의식도 없이 오로지 친소로만 움직이는 나라
꿈보다 이익을 찾아 몰려가는 정권
아이들을 물에 몰아넣고도 감추기에만 급급한 저들의 세상
무엇을 상상하던 그 이상을 보여주며
나의 50대는 저물고 있다
20, 30대의 자리, 최루탄과 페퍼포그 자욱하던
그 거리를 촛불을 들고 다시 걸으며 나는
절망의 끝에서 만날 희망을
어둠을 몰고 달려올 신새벽을
기다린다, 10년의 시간들을 아프게 흘러온
수많은 이들의 피와 땀이 마침내 솟구쳐 올라
저 곱고 여린 촛불들이 일구어내는 큰 불꽃이
결국은 찰진 땅을 일구어낼 그날을

나의 50대는 반역의 세월이었다
산과 들을 죽이고 마침내 인간마저 무참하게 살육한
식민 잔재들의 나라, 반민주 반민족의 세상
그 무모하고 무참한 시간들을 몰아내는
촛불의 빛으로 나의 60대는 다시 시작하리라는 것을
그 자리를 다시 걸으며 나는 아프게 아리게
믿는다

최
성
아

2004년 『시조월드』로 등단. 시
집으로 『부침개 한 판 뒤집듯』
『달콤한 역설』 등이 있다.

우리 마음이 다 그래

어둠을 쩍 갈라낸 순도 100짜리 진실
네로 하여 빛을 얻고 네가 있어 숨을 쉰다
아직도 명치가 아려
불러보는 이름아

빼앗긴 광장 너머 하나 된 손과 손에
바람과 바람들을 숫자로 읽지 않기를
촛불에 마음을 실은
함성들이 타오른다

최
연
식

1999년 『시인정신』으로 등단.
시집으로 『허름한 보폭 사이의
흔적』 등이 있다.

촛불

의원 나리 왈.
촛불은 촛불일 뿐 바람 불면 꺼진다.

들풀로 옮겨 안기면
억새밭에 붙으면
솔숲으로 번지면?

민초 한 잎으로 타올라
삼천리 산천으로 활활 솟아오르는
저 붉은 화염!

2016이 타고 있다
화상 입은 가슴들이
어둠의 시간 감싸 안고
울면서 걷고 있다

촛불이
천지사방 춤추고 있다
바람이 불 때마다 으르렁 으르렁
파도로 일렁이고 있다

혁명의 꽃 불

벙글고 있다.

만국의 촛불이여, 단결하라

최
자
웅

시집으로 『그대여 이 슬프고 어
두운 예토에서』 『겨울늑대』 등
이 있다.

칼 맑스가 인류와 노동계급의 해방을 위하여
만국의 노동자여 단결하라고 설파했던 그날에
사회주의 세상의 꿈과 그 실현을 위한
혁명적 실천과 순교적 전위였던 당은 신성하였을까.
당연히 자본주의 탐욕과 물신숭배의 기존체제와 권력의 폭력
적 전복과 타도의
강령과 전략은 현존 사회주의 체제의 붕괴와 함께 종막을
고하였을까.
제왕의 권력도, 무소불위의 서기장의 권력도 모두들 신기루
와 쓰레기들인 것을.
사상의 공황시대와 얼터너티브 없는 지평에서 새로운 희망은
무엇인가.
이제 바야흐로 세계적 모순의 축도이며
분단의 현장이며 엄연한 현실인 대한민국 서울과
방방곡곡의 도시와 거리와 광장에서 혁명은
엄연한 혁명이되 놀랍고 새로운 혁명의 실천과
깃발과 전략으로 새로운 역사창조의 전범으로
민초들의 풀빛 깃발과 촛불혁명이 이룩되고 제시된 것인지도
몰라.
떨리는 가냘픈 촛불 하나가 온 우주의 어두움과
슬픔을 태우며, 밝히운다는 가스통 바슐라르의 명제는
이제 앙시앙 레짐을 전복하고 대혁명을 이룩했던 불란서가

아니라

　로베스피에르와 바슐라르의 조국, 삼색기의 불란서보다도
　식민과 분단의 전쟁과 모진 독재의 사살과 비극으로 얼룩진
코리아에서
　박정희와 그의 딸내미 박근혜의 모진 죄와 업장-카르마의
사슬을 끊어내는
　코리아의 장엄한 촛불행진, 평화혁명으로 수행되었다.
　위대한 평화혁명의 쓰나미와 힘은 어디로부터 가능하였는가.
　거부할 것을 단호히 거부하는 역사의 아픈 상처와 내 영혼의
절규로
　제어할 수 없는 자유의 폭풍과 연가로 규합되고 이루어지는
　깊고도 부드러운 그대의 눈빛과 우리들의 행진과 함성이여.
　머나먼 남녘 사월의 통곡의 바다에 아직도 중음신으로 떠도는
　채 피어나지도 못하고 차가운 바다에 고혼이 된
　우리의 아들과 딸들의 어이없는 죽음들과
　달랠 길 없는 통한과 어른들과 어버이들의 죄의 피울음으로
　서울과 대한민국의 촛불혁명은 가능하였던 것을,
　부드러우나 깊고 깊은 눈빛과 가슴들로
　장엄한 촛불혁명 평화혁명이 가능하였으리
　죄의 모질고 완악한 탐욕과 미망을 전복하는
　우리들의 백만 촛불의 행진 속에
　빛나는 그대의 그리운 눈빛 하나

차가운 12월 대기 속에서도 흔들리지 않는 우리들의 행진과
깊은 분노도 뛰어넘는 그대의 기도와 멀고 먼 길의 기원이여
월가로부터 지구촌 구석구석 서울의 광장에까지
세계의 촛불들이여 단결하라.
작은 촛불 하나가 세상의 슬픔과 어둠을 태울 수 있다.

최
정
란

2003년 <국제신문> 신춘문예
로 등단. 시집으로 『여우장갑』
『입술거울』『사슴목발애인』 등
이 있다.

종이컵

어떻게 이 촛대는 뜨거운 눈물 받아 안는가
칼바람 맞서 눈물의 방벽이 되는가
빛과 영광의 이름 단 한 번 호명되지 않아도
어떻게 기꺼이 제 가슴 여는가
얇고 가벼운 삶, 주변부에서 소비되는
일회용 삶, 진물과 타는 화상으로 끝내는가
흰 가슴 활짝 열어 끓는 눈물 받아 안는
순결한 삶, 그 흰 빛 사라지지 않으리
가슴 밑바닥 켜켜이 차갑게 굳은 눈물 안고
버려지는 일회용 삶도, 무엇을
받아 안느냐에 따라 소모와 숭고로 나뉘느니

최
종
천

1986년 『세계의문학』으로 등
단. 시집으로 『눈물은 푸르다』
『나의 밥그릇이 빛난다』『고양
이의 마술』 등이 있다.

바람이 불면 꺼진다?

촛불은 바람이 불면 꺼진다는 놈이 누구지?
촛불은 가슴속에 있는데
그걸 불어서 끄겠다는 발상은 뭐지?
그러니까 그 가슴들을 꺼버리겠다는 것이지?

그 진실은 우리들을 죽이겠다는 것이지?
국민들을! 백성을! 죽이겠다는 거야.
그를 국회의원으로 뽑아준 시민들을 죽이겠다는 것이다.

촛불은 국민들을 모두 죽여야 비로소 꺼진다.
그런데 국가는 즉 국민이다. 노자는 말하기를
군주는 바꿀 수가 있으나 백성은 바꿀 수가 없다 하였다.

이래도 경상도 사람들은 계속 새누리 엉터리 보수만 지지하고
강원도는 "불안"을 이유로 반공을 모시고 살 것인가?
군주를 바꾸는 대신 자신들을 바꿔서
반공의 노예가 되고 엉터리 보수의 머슴이 될 것인가!

언제까지 그렇게 살 것인가?
언제까지 그렇게 저들의 소모품으로 살다가
죽을 것인가? 우리가
통일을 하면 미국하고 할 것이냐? 아니면

중국하고 할 것이냐? 것도 아니면 일본하고 할 것이냐?
반공이란 이런 내용의 것이다.

조선의 백성들아 너희는 군주를 바꾸는 대신
너희 자신을 바꿔
일본의 국민이 되고 싶으냐?
미국의 국민이 되고 싶으냐?
중국의 국민이 되고 싶으냐?
이 못난 놈들아!

최
창
균

1988년 『현대시학』으로 등단.
시집으로 『백년 자작나무숲에
살자』가 있다.

오늘만큼은 내가 촛불

오늘 무슨 일이 있어도 광화문으로 가야 해
오늘 무슨 일이 있어도 촛불을 밝혀야 해
오늘만큼은 역사의 현장에서 내가 촛불이 되어야 해
오늘만큼은 오늘만큼은 하면서
누구랄 것도 없이 발 벗고 광화문으로
자식을 바다에 묻은 세월호 유가족도 광화문으로
농토 멀리 벗어나 본 적이 없었던 농민들도 광화문으로
모든 공장 모든 사무실 문도 열린 광화문으로
집집이 식구들끼리 친구끼리 애인끼리 광화문으로
대입 수험생들도 책을 덮고 광화문으로
노점 접고 가게 문 닫고 광화문으로
좌파니 종북이니 말도 안 되는 소리 들어가며 온 국민들이
광화문으로
일만, 십만, 백만, 천만 촛불로 타오르는 광화문으로
마음에서 마음으로 번지는 촛불들이 광화문으로
마침내 광화문 광장에서 울려 퍼진
민주주의는 국민의 것,
헌법을 어긴 범법자는 탄핵,
이 천둥치는 외침이
광화문에서 전국으로 전 국토에서 해외로
오늘만큼은 이러려고 이 나라 국민이 되었나
오늘만큼은 이러려고 촛불을 밝혔나

그리하여 오늘만큼은 광화문에서 밝힌 역사적인 촛불로
꺼지지 않는 민주주의 촛불로 활활 타올랐다지
그러니까 그러니까,
오늘만큼은 지구가 가장 밝은 별이었다지

최
형
심

2008년 『현대시』로 등단. 시집
으로 『모서리 당신』이 있다.

유리병 속의 여인

칼날을 움직이게 하는 것은 과녁이다.
불꽃은 눈 밝은 칼이 관통할 수 없는 것을 응시한다.

마부들이 밤의 고삐를 당긴다.
가장 아름다운 날을 세운,
여백은 서늘하다.

노란 고무줄에 걸린 자정에는 장막의 가장자리까지 피가 번진
다.
눈을 가린 몸 위에서 깃발을 길들여라,
날을 가진 것들이 한 생을 푼다.

파문이 옮겨 붙는 몸과 몸 사이
늙은 새의 깃털은 불구의 촉을 가졌다.

한 호흡으로
밤의 이동경로가 빈 벽에 박힌다.

공작새의 나라에는 몰락한 금서들과 뼈아픈 소금의 잔해들
눈 먼 복화술사는 탄식한다.

폐허 이전의 폐허 위로

함부로 함박눈 내린다.
촛불의 고요가 푸른 눈썹을 밀고 간다.

표
성
배

1995년 <마창노련문학상>으로 등단. 시집으로 『아침 햇살이 그립다』 『저 겨울산 너머에는』 『개나리 꽃눈』 『공장은 안녕하다』 『기찬 날』 『기계라도 따뜻하게』 『은근히 즐거운』 등이 있다.

촛불꽃

누가 혁명은 피를 부른다 했는가
누가 혁명은 피를 먹고 자란다 했는가
골수까지 썩어드는 폐허의 땅, 헬조선에
여린 꽃 한 송이 앞에 두고
당신 마음도 따라 꽃이 된다면
오늘부터 혁명은 피를 거부하리라
오늘부터 혁명의 가슴에는 분노의 피가 아니라
사랑의 꽃이 자라리라
비바람이 흔들고 눈보라가 몰아쳐도
흔들리지 않는 촛불꽃,
꺼지지 않는 평화의 꽃이 피리라
지난 세기 온갖 협잡과 반칙과 특권이 만든
폐허의 땅을 뒤덮고 있는 검은 사슬을 끊어 내리라
총이 아니라 칼이 아니라 촛불꽃의 힘이
민주주의를 유린한 저 검은 권좌를 태우리라
나의 너의 너의 나의 가슴에 피어나는
작은 꽃 한 송이 불꽃이 되어
새로운 역사를 세우게 되리라
그 꽃을 바라보는 아이들의 가슴에는
더 밝고 맑은 꽃이 자라
대대손손 열매를 맺게 되리라
2016년 대한민국은 촛불혁명이 빛나는 땅

5천년 역사 이래 반도의 땅이 온통
꽃으로 피어났던 적 있었던가
한강의 기적을 넘어
잘살아보자는 일념으로 산업화를 일구어 냈던
사람답게 살자는 신념으로 민주주의를 탄생시킨
지난한 역사의 주춧돌 하나가
이 작은 한 송이 꽃에서부터 다시 시작됨을
오늘을 사는 우리는 똑똑히 보고 있다
작지만 강한 꽃 촛불꽃이 밑거름이 되어
새로 태어나는 대한민국을

피
재
현

1999년 『사람의문학』으로 등
단. 시집으로 『우는 시간』이 있
다.

바다

그날 나는 아주 슬펐으나
먼 바다를 보며 오래 울었을 뿐
물속으로는 한 발짝도 다가서지 못하고
캄캄한 나의 방으로 돌아와
오래 더 울었다

어둠 속에서 백만의 촛불이 켜졌을 때
촛불이 물결을 만들고 촛불이 파도를 만들어
비로소 바다가 따뜻해지고 비로소
물길이 열렸을 때
나는 울음을 멈추고 바다로 걸어 들어갔다

아이들을 살려내라!
아이들을 살려내라!

나는 한때 비겁했으나
우리는 그렇지 않았다

하
승
무

1994년 『한겨레문학』으로 등
단.

우리 모두는 대한민국 국민이다

신날래가 유난히 무성했던 봄날
동토의 한파보다도 매서운
쇼와 유신의 군기가
5월 16일 광화문 거리를 짓밟던 그날
한강의 새파란 물결이 잿빛으로 물든 그날부터
11월 시민혁명의 촛불은 활활 타오르고 있었다.
가죽 장화발로 뭉개진 4월의 푸른 깃발은
다시 촛불로 어둠을 밝히는 횃불이 되어
자유의 심장에 불씨로 남아 있었다.
사악한 무리들이 고귀한 영혼을 겁박하고
육신마저 갈기갈기 생채기 내던 순간에도
촛불의 심지를 놓지 않았다.
다시 불꽃이 되어 부마항쟁으로
오월의 광주항쟁으로 일어서던 그날
느닷없이 들이댄 무자비한 총검에
또다시 찔리고 또 찔리고
군홧발에 무참히 밟힌 채
청년의 두개골이 깨져나가고
새내기 신부의 배를 가른 칼날에
임부의 사체가 금남로에 던져져도
결코 촛불의 심지를 놓지 않았다.
교활한 무리들이 슬그머니 고개 돌리고

민주와 자유를 가장한 그날에

6월 항쟁으로 악마의 꼬리를 감추던 그날에

커튼 뒤에서 섬뜩한 눈빛으로 비웃고 있던

음흉한 얼굴이 떠오른다.

그들의 간교를 왜 몰랐을까?

여린 새싹들이 꽃봉오리도 피우지 못한 채,

생체生體로 수장된 사교집단의 제물이 되기까지

왜 몰랐을까?

마지막까지 믿었던 너희들의 심장 소리가 귓전에서 울부짖는다.

베드로의 세 번째 입술이 떨어지는 순간

살점이 찢겨나간 그리스도의 피의 고통이 밀려온다.

숨 가쁜 비명으로 울부짖으며 죽음의 수렁으로 밀려간

내 자식과도 같은 소년 소녀여!

너희들의 삼촌과 오빠가 손에 든 정의의 촛불을 보아라!

꺼지지 않는 불씨로 눈망울을 밝힌 어린 동생들의 촛불 속에

백만, 삼백만, 오천만이 떨쳐 일어선

시민혁명의 대한민국을 보아라!

산 제물로 던져진 모욕과 한은

뜨거운 자유의 심장이 되어

전국 곳곳에서 꺼지지 않을 정의의 횃불로 타오르고 있다.

그래 너희들은 대한민국 국민이다.

광장에서 밤을 지새우며 촛불을 밝히고 있는
우리 모두는 대한민국 국민이다.

하
요
아

2013년 <대한민국디지털작가
상>으로 등단.

촛불 하나 섰다

촛불 하나 섰다
썩은 가지에 올라섰다
매듭 풀린 구름다리였다
실안개 자욱했다
몇 개 되는 팔에서 건져 나온 거였다
손톱이 도열했다
구정물이 휩쓸었다
거기에 촛불 하나 섰다
노도 위에 솟구쳤다
처음엔 느렸다
연약해 보였다
하지만 촛불 하나 섰다
여명이 밝았다

하
재
일

1984년 『불교사상』으로 등단.
시집으로 『동네 한 바퀴』 『타타
르의 칼』 등이 있다.

꿈이 떨리는 광장에서

촛불 한 자루가 돌아왔다
그는 기도하는 습관을 던져버리고
가볍게 빈 몸으로 돌아왔다

투명한 마음이 되어 돌아왔다
검은 물살을 가르고
여름 한철 무성했던 피를 버리고
최초의 빛깔로 돌아왔다

우리가 감동한 것은
그가 남긴 조용한 몸짓이었다
시간 속에 잠든 그의 목소리였다
물러가라, 물러가라

촛불 한 자루가 돌아왔다
내 잠든 영혼의 만타가오리!
수많은 물결과 함성을 데리고
최초의 마음이 되어 돌아왔다

하
종
오

1975년 『현대문학』으로 등단.
시집으로 『벼는 벼끼리 피는 피
끼리』『남북주민보고서』『세계
의 시간』『신강화학파』『초저
녁』『국경 없는 농장』『신강화학
파 12분파』 등이 있다.

11월

1976년 11월
바람 부는 연병장에서
나는 전우들과 함께 겁먹고 종대로 서 있었다
태극기와 부대기가 펄럭이는 연단을 향하여
경례를 했고 훈시를 들었고 총을 지급받았다
박대통령이라고 불리던 독재자가 통수권자인 시절이었다

2016년 11월
햇빛 내리는 광화문에서
나는 남녀노소들과 함께 차분히 구호를 외치며 서 있다
시민단체 깃발과 노조 깃발이 펄럭이는 공중을 향하여
주먹을 올리고 손팻말을 흔들고 노가바를 부른다
박대통령이라고 불리는 피의자가 국가원수인 시절이다

11월 12일,
아비인 박대통령은 군복 입은 나에게 충성을 명령했고
딸인 박대통령에게 외출복 입은 나는 퇴진을 촉구하고 있다
그 40년 사이 임기를 마친 대통령들 중에서
교도소 갔다가 온 범죄자는
모두 박대통령들과 인맥이 닿아 있다는 걸 새삼 알아버린다

어느 해 11월에

바람이 햇빛을 널리 비추세 하고
햇빛이 바람을 멀리 불게 하는 풍경을
나는 바라보았던가
젊어서 군복무를 했고
늙어서 생업에서 은퇴한 나는
올 11월에
유모차를 탄 채 촛불을 들고서
바람을 물리며 햇빛을 물리며
광장으로 들어오는 어린아이에게
두 손가락을 세워 V자를 보여주었다

촛불이 닿은 이마

한
성
희

2009년 『시평』으로 등단. 시집
으로 『푸른숲우체국장』이 있
다.

어둠 속에서 바람에 맞서서 흔들리는 하나의 날갯죽지, 하나의 눈물방울, 핏방울 같은 촛불들, 꺼지지 않는 촛불 하나쯤은 있어야 했다 주위의 불빛들이 시들어갈 때 다시 촛불로 되살아나도록 감싸 주어야 했다 나는 촛불로 허기를 달래고, 촛불로 누군가를 기다렸다. 광장과 가로수와 새들의 이마에 불빛을 내밀어야 했다

촛불로부터 멀어질수록 내 얼굴은 보이지 않았다 그곳은 어둠 가득한 표정뿐이었다. 밤하늘 아래 절망을 견뎌내야 하는 날이 점점 많아졌다 어깨를 붙잡고 무릎을 맞대야 했다. 사방에서 얼굴들이 밀려오고 밀려갔다. 분노와 좌절이 시작된 곳으로부터 몸을 핥아주는 불빛이 다가왔다

거리의 새들이 바람으로 절망의 세상을 뚫고 나갔다. 날개들 하나하나가 촛불처럼 꺼지지 않을 때 눈꺼풀이 깨어나고 살아났다. 혼신을 다해 어둠에서 날갯죽지를 퍼덕거렸다 새들의 심장이 뜨거워질 때까지 흔들렸다. 촛불을 뚫고 겨울바람을 뼈마디에 새겼다 광장의 뜨거운 심장을 모았다 순간, 촛불이 닿은 이마에서 새가 날아갔다

한
영
수

2010년 『서정시학』으로 등단.
시집으로 『케냐의 장미』 『꽃의
좌표』 등이 있다.

바람과 함께 돌아온

자—바람이에요. 쇠창살을 넘어 손바닥에 풀어버린 주머이
있다

그걸 대성당이라 하자 왼쪽과 오른쪽 지붕 위에 골고루 쌓이
는 이스탄불의 눈이라 하자 동쪽과 서쪽 손이 맞잡은 해협의
다리라 하자 헌금이 모아지면 짓고짓고 백년을 짓고 있는 사원이
라 하자 완성을 기다리는 기도라 하자

그날 우리가 돌을 던졌을 때 누군가가 구호를 선창하고 손가
락을 깨고 유치장 지하에 끌려갔을 때 이도 못 닦고 속옷도
못 갈아입고 일주일이 되어갈 때 여드름 자국 숭숭 난 전경이,
장총을 들었지만 사실은 저도 감옥살이나 한가지일 때 밥 먹고
들어오다 돌연
자—바람이에요. 쇠창살을 넘어 손바닥에 풀어버린 주먹을,
그걸

부끄러움이라 하자 우는 법을 기억하고 그러고도 나눌 수
있는 나머지라 하자 머리 감아 빗고 새 양말 갈아 신고 막 어디를
향하려는 마음, 다른 종이 위로 움직이는 발이라 하자 무서움이
무엇인지 알아 싸울 줄 모르는 캄차카의 표범이라 하자 여기서부
터 가장 먼 초여름 초원의 주먹별이라 하자 오늘 저녁 광장의
촛불이라 하자

허
광
봉

2014년 『리토피아』로 등단. 시
집으로 『무모한 남자』가 있다.

그해 겨울, 자화상

뒷골목 술집에서
막걸리 한 사발이,
울컥울컥 흐느끼며
칼칼한 목구멍을
태우고 있다

무뚝뚝한 거리에
가냘픈 촛불이,
홍적세의 빙하 같은
뜨끈한 촛농으로
흐르는 겨울

터질 듯한 네거리에
술 탓인가
불 탓인가
파리한 중년이
불콰해지고 있다

허
형
만

1973년 『월간문학』으로 등단.
시집으로 『영혼의 눈』 『불타는
얼음』 『가벼운 빗방울』 등이 있
다.

촛불이 들불처럼 타올라

하늘에는 별빛 땅에는 촛불
'밝은 빛 하나가 세상 끝 모든 곳까지 비추리니'*
겨자씨 같은 촛불이 들불처럼 타올라
나라의 어둠을 사르네
거짓을 사르네 부정과 부패를 사르네
농단을 사르네 불평등을 사르네
민중의 피눈물을 사르네
하늘에는 별빛 땅에는 촛불
들불처럼 타오르는 촛불이 마침내
산이라면 산을 넘고 강이라면 강을 건너
천둥이 되네 번개가 되네
승리의 노래가 되네 꽃밭이 되네
참사람과 참세상을 잇는 무지개가 되네

* 구약성경 토빗기 13:11.

호
인
수

1984년 『실천문학』으로 등단.
시집으로 『차라리 문둥이일 것
을』『백령도』『목련이 질 때』
등이 있다.

나는 믿나이다

2016년 11월
토요일이면 만사를 제치고 광화문에 갔다
나도 사람이니
사람 속에 있고 싶어
그 속에 있어야 하니까
평생에 더는 없을
우리들의 함성 하늘을 찔렀다
성령의 촛불
성령의 역사

홍
사
정

2007년 『시와시학』으로 등단.
시집으로 『내년에 사는 법』이
있다.

송박영신送朴迎新

더는 보기 싫다, 견딜 수 없다

이러려고 무엇 됐나 후회하는 척
나라야 어찌되든 모르쇠 하는 변명이라니
그 몰염치한 꼬락서니라니

그러니 병신년丙申年이여 병신년이여
이쯤에서 제발 떠나가라
멀리멀리 뒤돌아보지 말고

그 길로 활짝 웃으며 오라

비싼 말 안 타고도 대학 가는
'순수하고 진실하다'는 말 부끄럽지 않은
늘 푸른 소나무 같은 민주주의여, 어서 오라

순결한 얼굴만 태양 아래 빛나는
새 세상이여 기적처럼 파도처럼 밀려오라
몇 날 며칠 촛불로 씻어낸 광장으로

홍
성
란

1989년 <중앙시조백일장>
으로 등단. 시집으로 『소풍』
『바람의 머리카락』『춤』『애인
있어요』『백여덟 송이 애기메
꽃』 등이 있다.

백만 불꽃
—병신년 겨울 광화문에서

손 모아 무릎 꿇은 저것은 천심
온 누리 덮쳐오는 저 해일 저 무구無垢

이 어둠 묻어버려라
오, 장한
촛불이여

홍
일
선

1980년 『창작과비평』으로 등단. 시집으로 『농토의 역사』 『한 알의 종자가 조국을 바꾸리라』 『흙의 경전』 등이 있다.

촛불평야

첫눈
그리움 사이로
사람들 언 손 녹일 때
촛불들 켜졌지요
광화문 황홀한 평야
촛불이 매화인 양
한겨울 꽃눈 열리고
아기촛불 흔들리면
어미촛불이 다가가서
살포시 껴안아주는 밤
첫눈 그친 시간
거룩한 꽃들이 피운
촛불평야

황
규
관

1993년 <전태일문학상>으로 등
단. 시집으로 『철산동 우체국』
『물은 제 길을 간다』『패배는
나의 힘』『태풍을 기다리는 시
간』『정오가 온다』 등이 있다.

우리가 혁명이 됩시다!

부정과 협잡으로 얼룩진 시간이었습니다
퇴락과 원한이 도도한 시간이었습니다
강을 막아 해먹고,
납품 비리로 해먹고,
리베이트 받아 해먹고,
설계도면 바꿔서 해먹고,
여기서 한 움큼, 저기서 한 보따리, 이런저런 세금 올려 또
뜯어 먹었습니다
자식이, 친구가, 종교가, 정당이, 비선이, 참모가
몰래 빼먹고, 적당히 구워먹고, 뒤집어서 해먹고,
남는 것 버리는 척 한 번 더 삥땅을 쳤습니다
일 년 내내 지은 쌀을 후려 먹고,
계약직으로, 하청에 재하청, 용역의 알바를 통해
아예 대놓고 빼앗아가기도 했습니다
지난 10년, 저들이 이렇게 해먹자
교회가, 문학이, 대학이, 언론이, 노동조합이 함께 해먹었습니
다
말은 쓰레기처럼 나뒹굴고 기도는 현금과 교환되었습니다
학교는 어리석은 양을 사육하는 집단농장이 되었습니다
찬 바다에 아이들이 영문도 모른 채 빠져 죽어도
밀을 가꾸던 농부가 물대포에 맞아 죽어도
구하지 않았고, 명복을 빌지 않았고, 차라리 귀찮다는 듯

더러운 침을 퉤퉤 뱉었습니다

이 땅에서 빨리 꺼지라고 발길질을 했습니다

지난 10년, 우리는 이렇게 살아왔습니다

퇴근길에 쓴 술이나 마시며 그저 목숨을 유지해왔습니다

자식에게 애인에게 늙으신 어머니에게

마침내는 낯선 여성에게 폭언을 퍼부으며

주먹질을 해대며 죽이기까지 했습니다

우리는 지난 10년 동안 이렇게 썩어갔습니다

누가, 어떤 집단이, 어떤 시러베아들놈이 한 짓인지

우리는 까맣게 잊고 살아 왔습니다 누가

우리의 영혼에 폐수를 무단방류했는지 누가

우리의 정신에 역겨운 바이러스를 설치했는지

우리는 속고 살아왔습니다

우리를 속이며 살아왔습니다

저들이 지난 10년 동안 부수고 깬 자리에 군함을, 미사일을,
괴물 같은 송전탑을 세우고

저들이 지난 10년 동안 공장 문을 노동자의 허락 없이 닫아걸
고

저들이 지난 10년 동안 쪽방에 사는 우리의 이웃을 굶겨 죽이
고

저들이 지난 10년 동안 가르고 분류하고 추려내고

시를 더럽힐 때

우리는 청맹과니였습니다

알아도 그냥 버려지였습니다

우리는 한편으로 그것들을 우러러 봤습니다

우리 사신을 스스로 괴롭히기까지 했습니다

비겁했고 구차했습니다

지난 10년, 저들이 더럽혀놓은 지난 10년,

아니 그 이전의 수십 년 수백 년을 쓸어내고

함께 나누고 함께 먹고 함께 울고 함께 석양을 걸어가는,

동시에 홀로 휘파람을 불고 홀로 고요에 휩싸이고 홀로 책을
읽는

시간을 이제는 가질 수 있겠습니까?

노예로 산 시간을 영영 떼어내고 사랑과 자유가

정오의 태양처럼 가득한 나라를 만들 수 있겠습니까?

반짝이는 강물과 정지停止가 몸에 밴 잎사귀와

가난하고 따뜻한 밥상과 함께 살 수 있겠습니까?

그렇다면 먼저 저들을, 지난 10년을, 구태를, 탐욕을, 부정을,

부정이 낳은 부정을, 그 부정의 부정을, 넘쳐나는 저 거짓
웃음을

깨끗이 몰아냅시다 깨끗이

몰아내고 깨끗해질 때까지 몰아냅시다

깨끗해져서 다시 비바람이 올 때까지

깨끗해지다 못해 강물이 철철 흐를 때까지

우리가 밤하늘을 뒤덮은 성좌가 될 때까지……

우리가 혁명이 됩시다!

황
주
경

2012년 <문학과창작>으로 등
단.

촛불연가

어둠 앞 촛불을 들고
광화문 이순신 장군 동상 앞에서
박근혜 탄핵이라 외쳤네요
쓸개 빠진 사람처럼 울산에서 서울까지
을에서 갑이 된 듯
가장자리에서 중심이 된 듯
고래고래 고함을 질렀네요
장군은 동상이 되어서도
두 눈 부릅뜨고
빌딩 저 너머 적들을 지키시고
우리의 적은 항상
차벽 너머 저 안에 있었다며
장군께 억울하지도 않으냐고
고래고래 고함을 질렀네요
그해 봄을 몽땅 안고
아이들이 바다로 질 때도
물대포에 사람이
죽어 나가떨어질 때도
저 안은 꽃단장 잔치판을 벌였다고
반주에 취해 횡설수설,
자정 넘어 새벽이 되어서도 장군은 눈 하나 깜짝 않으시는데
졸음에 전의를 상실한 채 나는 그만

장군의 갑옷자락에서
꿀잠에 들고 말았네요

황
지
영

2012년 『시와문화』로 등단.

광화문, 첫눈 오는 날 만나자

눈물에 꽃이 핀다. "가만히 있어라" 물귀신은 차가운 물속이 아니라 시퍼런 물 밖에서 봉곳이 피어날 꽃들을 어이없이……. 눈이 내린다. 꽝 소리와 함께 파도 속으로 사라진 숨. 한 가닥도 놓치지 않는 밝은 눈이 되어 온 세상이 지켜본다. 세상이 눈이다. 파도를 타고 광장에 넘실된다. 모두가 눈이다. 첫눈 오는 날 눈물을 맞으며 하얗게 만나자. 절대 눈을 감지 못하는 눈물에 불꽃이 핀다. 팽목항에서 죽어가던 고래가 파도를 타고 헐떡이던 숨을 내몰아 쉬며 보미와 함께 노래한다. 손은 비명으로 흔들리는데 그 손을 잡아준 손은 보이지 않는다. 다윤이의 손을 놓지마라, 광화문에서 만들자. 다시는 네 손을 놓치지 않을 것이다. 교실 속에 갇혀 있던 시연이의 꿈이 광장에서 다시 봄. 노랑나비로 날아오른다. 뒤를 부탁하며 아이들 곁으로 간 김관홍 잠수사가 감은 눈을 번쩍 뜨게 하는 보신각종을 치고 있다. 진실은 눈 감지 않는다. 사랑은 잠자지 않는다. 눈물이 빨갛게 꽃핀다. 푸른 바다에 들어가 아직도 엄마 품으로 돌아오지 못한 은화. 시퍼렇게 멍든 엄마의 가슴을 때리던 손가락질 방망이에 쓰러진 광장이 흐느낀다. 눈물을 닦아주지 못하고 눈물을 적신다. 손마다 촛불 들고 잠들지 못하는 눈물이 흘러내린다. 흘러내린다. 파도로 출렁인다. 파도를 타고 하나 되어 흐른다. 눈물이 광장을 적신다. 파도로 광화문 넘어 오대양으로 순식간에 다다른다. 첫눈 오는 날 만나자. 광화문에서 목어木魚의 눈이 되어

황
학
주

1987년 시집 『사람』으로 등단.
그 외 『사랑할 때와 죽을 때』
등이 있다

광장에 오는 흰 눈

우리는 지상 앞으로 몰려갑니다
우리는 광장으로 갑니다
형형색색 머리 땋은 눈송이들이
하얗게 떨어지며
짝짝이 신발들은 만납니다

자유할 뿐이지만 얼다 녹다 내리는 거랍니다
그 소리가 수놓듯 몸을 입고 모이는
오늘
시인은 하얀 면사포를 쓰고 시와 함께 방금 길거리를 지납니
다
사랑하게 되지만 시간은 없게 될 사랑
가장 오래된 인간인 사랑

그 앞으로 가는
우리는 갈 수 있습니다
우리는 우리에게도 있는 것이어서
흰 눈 때문에 겹꽃으로 밝아오는
날이라고 말해주고 있습니다
젖은 채 옷섶 안쪽에 묻어 있는 사람의 손금까지 쥐고
우리는 곧 같이 갈 수 있습니다

우편낭 같은 한 자루 눈송이가 닿을 때마다 지상은 물듭니다
그 안에 몸을 실을 수 있는 시들이
우수수 떨어지며
망망한 수면을 지면으로 바꿀 수 있습니다
한 걸음 더 갈 수 있습니다

촛불은 시작이다

초판 1쇄 발행_2017년 3월 1일

엮은이_한국작가회의 자유실천위원회
펴낸이_조기조
펴낸곳_도서출판 b

편집_김장미+백은주+유서현
표지디자인_테크네
인쇄_상지사P&B

등록_2003년 2월 24일 제12-348호
주소_08772 서울특별시 관악구 난곡로 288 남진빌딩 401호
전화_02-6293-7070(대) / 팩시밀리_02-6293-8080
홈페이지_b-book.co.kr / 이메일_bbooks@naver.com

값_18,000원

ISBN 979-11-87036-18-0   03810